新潮文庫

護衛艦あおぎり艦長
早乙女碧

時武里帆著

新潮社版

11561

目次

護衛艦あおぎり艦長　早乙女碧

第一章 発令

I

改札を出ると、冷たい風の中に海の匂《にお》いが混じっていた。懐《なつ》かしい匂いだった。

ああ、この匂い……。何年ぶりだろう。

久しぶりに降り立った呉《くれ》の駅で、早乙女碧《さおとめみどり》は一人軽く目を閉じた。

数時間前、市ヶ谷の防衛省で白手袋を嵌《は》め、「お世話になりました!」と海幕（海上幕僚監部）の補任課長に挨拶《あいさつ》をしたのが、ずいぶんと遠い昔に感じられる。

東京から新幹線と在来線を乗り継いでやってきた数百キロの長旅だったが、乗り継ぎがうまくいったおかげで、約束の時間より少し早めに着いた。

ちょっと、海を見ていくか。

正面のバスロータリー方面には出ずに、「自由通路」と表示されているペデストリアンデッキを渡った。

下の車道を見下ろしながら、懐かしい海風に吹かれて歩く。

電車の中でずっと座りっぱなしだったおかげで、むくんだ足がパンプスの中でパンパンに膨らんでいた。

歩きにくい。

ぎこちないヒールの音をキャリーカートの車輪がガラガラと鳴って打ち消していく。栈橋《さんばし》のほうから駅へと逆行して来る人たちの視線が、申し合わせたように碧の引くキャリーカートに寄せられた。

歩くにつれて海の匂いと気配が濃くなってくる。自然とカートを引く足が早まる。折本マリンビルの白いビル群の脇《わき》を抜け、栈橋と呉駅の間にある大型ショッピングセンターの中を通り抜ける。すると、視界が一気に開けた。

遠くに浮かぶ瀬戸内海の島々。その島影《しまかげ》に向かって、いくつかの栈橋が突き出すように伸びている。栈橋のさらに向こうでは、造船ドックのクレーンが空に向かって何本ものアームをふり上げている。

いわゆる漁港とは異なる、造船の街、軍港の光景だった。

右手には茶色のサイディングの利《き》いた「大和《やまと》ミュージアム」の建物が見え、その向こうには「てつのくじら館」の巨大な潜水艦がのぞいている。実際に海上自衛隊で使用していた潜水艦を展示しているだけに、遠くからでもハッと目を引くものがあった。

さらに、目を左に転じると、中央桟橋ターミナルの青銅色の屋根のシンボルドームが見えてきた。近代的な造りの「大和ミュージアム」とは対照的に、こちらはレンガ調のクラシックな造りの建物である。

中央桟橋から川を挟んだ向こう側には呉教育隊のグラウンドの芝生が青々と広がっている。

キャリーカートを引きながら、急ぎ足でターミナル五階の展望台に上った。

全面ガラス張りのこの展望台からは、呉の海と港が一望できる。

「わあ」

碧は南側の窓から見える懐かしい光景に思わず声を上げた。

春の日差しを受けて輝く海に伸びる、長短とりまぜた三本の桟橋。右端の長い桟橋からはちょうど江田島《えたじま》の小用《こよう》港行のフェリーが出航したところだった。

二〇年前、初めてあのフェリーに乗って、海上自衛隊幹部候補生学校に入校した日のことがよみがえる。

教師を志して国立大学の教育学部に進学したものの、船に乗る夢をあきらめきれず、それならいっそ、子どものころに体験航海で乗った護衛艦に乗り組みたいと思い立っての入校だった。横浜に住む両親と兄は驚いたが、あえて反対はしなかった。

防衛大卒ではなく一般大卒で入校した者にとって、江田島での幹部教育は生まれて初めての軍隊式教育であり集団生活である。

寝室のベッドメイキングに不備があると、容赦なくベッドごと投げ飛ばされてやり直しをくらったり、毎朝しわ一つなく完璧《かんぺき》にプレスされた制服で整列しなければならなかったりと、最初のうちは戸惑うことも多かった。

しかし、大好きな海のそばで寝起きをし、たびたび練習船に乗って実習できるのは嬉《うれ》しかった。

やがて外出や学校の外に下宿を取ることが許されるようになると、下宿先の大家一家やよく買い物に行った雑貨屋の店主、地元教会の牧師夫婦といった地域の人々との交流も深まり、軍隊式集団生活のいい息抜きとなった。

当時はまだ女性の艦長など一人もいなかった時代で、碧も最初は護衛艦に乗れるだけでよいと思っていた。しかし、時代の流れで女性の配置制限が解かれ、戦闘艦への乗り組みが可能になると、ちらほらと女性艦長が現れはじめた。先輩艦長たちの活躍を目《ま》の当たりにするうち「いつか私も……」と一気に欲が出た。

念願叶《かな》って練習艦むらゆきの艦長を拝命したのが六年前。預かった一三四名の乗組員に加え、扱った実習員の数は延べ一〇〇名を超えた。

江田島の幹部候補生学校の学生たちに関しては、当初は袖口《そでぐち》に候補生の錨《いかり》マークを付けて護衛艦実習に来た彼らが、最後は桜マークを付けた初級幹部として巣立っていく姿を見届けるのが喜びだった。

「お世話になりました！」と白手袋で敬礼して、舷梯《げんてい》を降りていく彼らのうしろ姿を舷門《げんもん》で見送りながら、無事故で一人の欠員もなく実習航海を終えられた安堵《あんど》と感慨で、不覚にも目頭《めがしら》が熱くなったものだ。

初めての艦長職の責務は重かったが、ようやく仕事の面白さに目覚めたところで、約一年間の任期を終えた。任を解かれ、陸上勤務となってから五年。まさかふたたび艦長として戻ってこられるとは思わなかった。

海上自衛隊の幹部人事では伝統的に期《クラス》の序列が高い者ほど海幕勤務が長く、艦艇勤務、部隊勤務の機会が少ない傾向がある。

序列とは同期生の中での先任順位であり、旧海軍兵学校時代には、ハンモックナンバーと呼ばれていた。序列の決め手となるのは、幹部候補生学校（通称・江田島）の成績や部隊での評価である。多くの場合、年功序列にしたがうのだが、優秀な後輩が一期上の先輩の序列を追い越すケースもままある。

昇任も同期であれば一尉《い》まではほぼ同時期に一斉に昇任するが、その後の昇任は序列にしたがう。

三佐以上の幹部になると、序列の高い者から順番に昇任してゆき、最初の昇任では上位から何名かが選ばれて一緒に昇任する。

この第一回目に選ばれたトップ集団は「一選抜」と呼ばれ、碧は残念ながらこの選には漏れた。しかし、二回目の選抜で選ばれて二等海佐に昇任し、昇任後早々に練習艦むらゆき艦長を拝命した。

序列としてはそこそこ高いほうになるが、同じくらいの序列でも何隻《せき》かの艦で艦長を歴任する者もいれば、一隻だけで終わる者もいる。

碧は初級幹部の就く配置である「通信士」「水雷士」「機関士」といった「士《さむらい》」配置を二回経験した後、練習艦の航海長を務め、その後、陸上部隊の教官配置や海幕勤務を経て練習艦の科長配置、そして副長……と順調に艦艇長への道を進んできた。

しかし、むらゆき艦長を最後に陸上勤務を思いのほか長く経験することになった。

ほんの数時間前までいた補任課補任班は海上幕僚監部の中の人事教育部に属してお

り、直接幹部自衛官の人事調整にあたる部署だった。

一人一人の適性や成績評価などに応じて、配置や異動を進行させていくのだが、碧の担当は幹部候補生学校を卒業した初任幹部の配置だった。なにしろ、ゆうに一〇〇名を超す人事を一度に扱うので、立て込んでくると徹夜で作業にあたらねば間に合わない。碧もやむを得ず、何度か泊まり込む羽目になった。

他人の人事に心を砕くばかりで自身の人事など気にかける暇もなく、このままデスクワーカーとして自衛官人生を終えるのかと海上勤務をあきらめかけていた。

それがまさかのあおぎり艦長拝命である。

――君なら適任だ。受けてくれないか？

補任課長からかけられた言葉がよみがえる。

めげずにずっと「艦艇熱望」の希望を出し続けておいてよかった。これからまた少なくとも一年は、潮風を浴びながら艦艇勤務の醍醐味《だいごみ》を存分に味わえる。

全面ガラス張りの展望台から見える呉の海が、碧の期待に応《こた》えるかのようにキラキラと輝いていた。

正面に見える、のっぺりと横に伸びた島影は心なしか、島の緑の色合いが濃く感じられた。今年は開花が早かったので、江田島の桜ももう散って葉桜になりかけているだろう。

みごとに花をつけた桜の木の下を素手で掃除していて毛虫に刺され、しばらく手の腫《は》れに悩まされた候補生時代を思い出し、碧は一人苦笑した。

呉港を発《た》ったばかりのフェリーが江田島に向かって、ゆっくりと白く長い航跡《ウエーキ》を引いていた。

2

いくら早く着いたからといって、いつまでも海を見ているわけにはいかない。それに、海ならこれからいくらでも眺められる。

約束の時間に間に合うよう、碧は呉駅前にある大きなスクリュープロペラのモニュメントへと急いだ。

五枚翼のプロペラの直径は四メートルほどもあり、さながら鋼色《はがね》に輝く五弁の花のようだ。呉駅のシンボル的な存在で、小柄な碧にとっては見上げるような大きさだった。

モニュメントの前は広島電鉄のバスロータリーになっており、プロペラを背にして目を上げると、正面に「ごとう」と書かれたビジネスホテルの看板が見えた。

左右の大きなビルに挟まれ、まるで隙間《すきま》家具のように建っている細長いホテルである。

白を基調にした外装は、見る者に、洗いざらした木綿のシャツのような、馴染《なじ》みやすく懐かしい心地を抱かせる。

ああ、ごとう……。たしか、あのホテルは六年前もあった。

とうとう泊まることはなかったけれども、ひらがなの看板がやけに印象に残っていた。

ほかに変わっていないのは……。

間違い探しでもするように、六年前の記憶と照らし合わせて辺りを見回す。

すると、サラリーマンふうのスーツを着た三〇代くらいの男と目が合った。

自衛官だ。

すぐにピンと来た。

不思議なもので、制服を着ていなくても同業者は一目でそれと分かる。

向こうもグレーのスーツ姿の碧にすぐに気がついたようで、小走りに近よってきた。

「恐れ入ります。早乙女二佐でいらっしゃいますか？」

一応は問いかけているものの、すでに「早乙女二佐」と信じて疑っていない様子である。

「あおぎり補給長の佐々木《ささき》一尉です。お疲れ様です」

佐々木は碧が返事をするまでもなく名乗りはじめた。

あおぎりの補給長。

——今度のあおぎりは第一二護衛隊の実働艦で、しかも女性の艦長を迎えるのは初めてだ。練習艦のむらゆきとは勝手が違うが、いいか？

市ヶ谷で海幕の補任課長から念を押されたときの記憶がよみがえる。

今にして思えば、あれはあおぎり艦長の内示が出る前の打診だった。

あおぎりは、ゆき型護衛艦を拡大改良した護衛艦で、平成三年に建造された。同型艦九隻の中では最も新しい。基準排水量三五五〇トン、全長一三七メートル。ガスタービンエンジンを四基搭載している。

主砲は七六ミリ単装砲。両舷に二〇ミリ・シウス（機関砲）、ハープーンSSM（対艦ミサイル）四連装発射筒、後部にシースパロー短SAM（艦対空ミサイル）八連装発射機を積み、さらに対潜戦を想定して前部にアスロックSUM（ロケット式対潜魚雷）八連装発射機を配備し、両舷には短魚雷の発射管も備えている。

このあたりの兵装についてはむらゆきと大差ないものの、戦術情報処理装置OYQ－7を搭載したおかげで、ゆき型よりも処理能力が大幅に向上している。いわば近代的戦闘指揮システムを搭載したシステム護衛艦のさきがけといってよい。

さらに、前任艦のむらゆきとの決定的な違いは、ヘリコプター搭載艦である点だ。あおぎりは第二甲板後部がオープンデッキとなっており、通常はヘリコプター一機、必要に応じては二機まで搭載できる。

もとより訓練のための訓練を繰り返す練習艦と実戦を視野に入れた作戦要務に就く実働護衛艦とでは艦の用途目的は大きく異なる。

そのうえさらにヘリ搭載護衛艦ともなれば、対潜戦ひとつ例にとっても展開できる作戦要務の幅は広く、非搭載艦のそれと比べものにならない。

初めてのヘリ搭載艦の艦長拝命。

尾てい骨のあたりから頭のてっぺんに向けて、背筋を電流のようなものが走り抜けたのを覚えている。

「はい。お受けします！」と二つ返事で承諾したものの、しばらくは足の震えが止まらなかった。

あおぎりの定員は二二〇名。今時、護衛艦の定員割れは当たり前だとしても、乗員数一七〇名は下らないだろう。

そのときからすでに碧の脳裏にはあおぎりの艦影がちらついていた。だが、今こうしてあおぎりから出迎えに来ている補給長を前にすると、いよいよ現実味が増してくる。

「阪急ホテルにお部屋を取ってありますので」

色白の顔に度の強い黒縁のメガネ。遠目には細身に見えたが、あおぎりの補給長は近くで見ると胸板が厚く、がっしりとしている。

メガネの奥の小さな目はまっすぐに碧を見ながらも、頭の中で忙しくなにかを計算しているような隙のなさを感じさせた。

直感で部内課程出身幹部（B幹）かなと思った。

二等海士として入隊し、三等海曹に昇任後、選抜試験を経て幹部候補生学校に入校するコースを経た幹部である。

補給長がわざわざ迎えに来てくれるとは。

たしか、むらゆきの時はこうした出迎えはなかった。補給長から連絡のあったホテルに直接出向いた気がするのだが……。いや、出迎えてくれたのだったか？　艦艇勤務の回数が増えると補給長もいろいろで、むらゆきの補給長がどんな顔をしていたかも思い出せない。

ただ、六年前も呉阪急ホテルで前艦長と申し継ぎをした件は覚えていた。

「呉は初めてではないんですよね？」

碧がむらゆき艦長だった頃の話をすると、佐々木は「そうでしたか。でも、街並み変わりましたでしょう？」と話をつないでくれた。

なかなか気の利いた補給長のようだ。

目の前のホテルまで雑談しながら歩く。

「現艦長の山崎《やまざき》二佐とご面識は？」

「いえ、ありません。初めてお会いします」

幹部名簿でひととおり経歴を調べたところ、山崎二佐は碧より一期上の一般課程出身の幹部（A幹）で一般大卒だった。

海上自衛隊では、幹部候補生学校に入校する段階で、防大卒を一課程学生、一般大卒を二課程学生と呼んで区別する。

つまり、山崎二佐も碧と同じく二課程出身の艦長であるのだが、これまでの勤務地はみごとに碧とかけ離れていて一箇所も重なっていなかった。

二十数年も勤務していると、艦艇部隊のたいていの幹部は顔見知りで、かりに知らなかったとしても名前くらいは聞いているものだが、山崎の名はまったくの初耳だった。

あおぎりが所属する第一二護衛隊は、あおぎり、おいらせ、たまの三艦で構成される地方配備の護衛隊で、沿岸防備を主な任務としている。

初めて実働護衛艦の艦長を務めるにあたり、心強かったのは僚艦おいらせの艦長が江田島の同期である点だ。

海上自衛隊は階級がものを言う典型的なタテ社会だが、伝統的にヨコのつながりを重んじる。幹部であれば幹部自衛官としての最初の教育機関である江田島の期別はとくに重要だ。

自衛官となった最初の一年間寝食をともにし、厳しい訓練に明け暮れた者同士の絆《きずな》は固く、江田島の期別が同じである「同期」は全国どこの部隊においても強い威力を発揮してつながる。

——あおぎりか。うん、あの艦《ふね》は副長はちょっと癖があるけど、山崎艦長がうまく使いこなしてるって感じかな。お前はお前のカラーでやればいいんじゃない？

着任前、海幕から様子窺《うかが》いのためにかけた内線で、おいらせ艦長の小野寺聖一《おのでらせいいち》二佐はそう言って笑った。

――まあ、あんまりあれこれ心配すんな。いざとなったら俺もいるし、大船《おおぶね》に乗ったつもりで着任しろよ。待ってるからさ。

やや猫背気味の長身に、どこかやさぐれたような顔つき。小野寺は昔からいわゆる〝出世〟には無関心の現場主義で、潮気《しおけ》の強い艦艇乗りだった。実働艦の艦長はおらせで二隻目。同期でも先輩風を吹かせているようなところがあった。

さすがに大船に乗ったつもりとまではいかないまでも、頼りがいのある同期の存在は碧にとって大いに心の支えとなっている。

「ほら、あの方ですよ。あおぎり艦長、山崎二佐です」

佐々木の後から歩いていくと、駅近のホテルのため、あっという間にロビーに着いた。

ロビーから続く広々としたラウンジに、自身と同世代の男がゆったりと座っていた。

山崎は佐々木と碧の姿を認めると、整斉《せいせい》と立ち上がった。

たいていこの年齢になると、頭部の髪が後退しているか、腹回りが肥大化しているか、もしくはその両方というパターンが圧倒的だが、山崎は奇跡的に例外の範疇《はんちゅう》にいた。

スーツではなく、胸にエンブレムのついたジャケットとパンツというトラッドスタイルも逆に新鮮で、初めて見るタイプの自衛官といえる。

「市ヶ谷からはるばるお疲れ様です、早乙女二佐。現艦長の山崎です」

山崎は絵に描いたようなスマートさで、碧に向かい側の席をすすめた。

「私も艦《ふね》は長いですが、女性の艦長に申し継ぎをするのは初めてですよ」

碧が席につくと山崎はさわやかな笑みを浮かべた。

なだらかな眉毛《まゆげ》と目の間隔が広いためか、温厚で育ちの良さを感じさせる。

艦長ともなれば、艦橋で声を荒らげて当直士官たちを指導せざるをえない場面もあるだろうに、碧は山崎が眉を吊り上げているところを想像できなかった。

怒りや焦燥といった刺々《とげとげ》しい感情とは一切無縁のような、すっきりと澄んだ深い眼《まな》差《ざ》しである。

細身の長身をゆっくりとひねり、脇に置いていた鞄《かばん》から書類を出してテーブルの上に揃《そろ》えた。

ピアノでも弾いたら似合いそうな長い手指をしている。

「あの、ここで申し継ぎを？」

今にも書類を広げて話し出しそうな山崎に、碧が驚いて声を上げると、山崎も驚いたふうに顔を上げた。

「部屋を取ってあるんですよね？ 補給長」

脇に立っていた佐々木が、不意を突かれたような表情で「ええ、もちろんです」と碧と山崎の顔を見比べた。

その瞬間、思い当たった。

まさか、気を遣ってくれているのか。もしもそうだとしたら、そんな気遣いは無用だ。

「大丈夫です。むらゆきのときも前艦長は男性でしたが、ちゃんと部屋で申し継ぎをしましたので」

山崎はきょとんとした顔をした後、「これはかえって失礼いたしました」と急に砕けた笑みを浮かべて頭を下げた。

「では、通例どおりに部屋で行ないましょう」

出した書類を素早く鞄に戻すと、山崎は佐々木と目を合わせてうなずき合った。

「それでは、私はこれにて。早乙女二佐、もしよろしければ、ここで赴任書類をお預かりしますが？」

海幕から預かってきたズシリと持ち重りのする封筒を渡すと、佐々木は代わりに部屋の鍵《かぎ》を碧に手渡した。

「赴任書類、たしかにお預かりしました。失礼します」

一〇度の敬礼をしてラウンジを去る佐々木の後ろ姿を見送ると、広いラウンジに碧と山崎がポツリと残された。

ほかの客といえば、はるか離れた窓際《まどぎわ》席に一人、年配の男性がグレーのコートを着込んだまま新聞を広げているくらいだった。

これほど閑散としていれば、ラウンジで申し継ぎをしても問題はなさそうだ。山崎もきっとそのように考えたのだろう。

しかし、歴代の艦長が部屋で申し継ぎをしてきたものを、今回だけ特例でというのもいやだった。

「では、まいりましょうか？ 山崎二佐、どうぞよろしくお願いいたします」

鍵を持っている碧が先導する形で席を立つと、山崎は一瞬、先を越されたような当惑した表情を浮かべた。

だが、すぐに元のさわやかな笑顔に戻ると、黙って碧の後をついてきた。

3

佐々木補給長の取ってくれた部屋はごく一般的なシングルルームだった。部屋の端にシングルベッドが一台据えてあり、ベッドサイドには簡単な鏡台がある。鏡台の前に据えられた椅子《いす》を山崎に勧め、碧はベッドに座った。わりと大きな窓があるだけ救いだったが、一人部屋ゆえに狭い。

やはり、ラウンジで話したほうがよかった気がしなくもなかったが、申し継ぎが進むうち、そんな些事《さじ》はどうでもよくなってきた。

「それで、入港要領ですが……。むらゆきでご経験があるんですよね？ 早乙女二佐の操艦の腕前は抜群だと聞いております。わざわざ、私が申し継ぎをするまでもないかもしれませんが」

くしゃっと微笑《ほほえ》む山崎の目尻《めじり》に、年相応の皺《しわ》が浮かぶ。

「とんでもない。長い陸上勤務で腕はだいぶナマッてますし、むらゆきとあおぎりでは性能も違いますから」

謙遜《けんそん》しながら、碧は手荷物の中からA4サイズのファイルを取り出した。

「六年前のものになりますが、自分で作製した胸算《きょうざん》（見積もり）が残ってまして。久しぶりに引っ張り出してみました。見ていただけますか？」

碧が胸算の入ったファイルを手渡すと、山崎は口元に手をやりながら見入った。

Ａ４サイズの方眼紙一枚に、呉の港の見取り図を手描きで描いただけの簡単なものである。

艦がどの位置に来たら、どれくらいの速力に減速するかといった内容をメモ書き程度に書き込んである。

誰に提出するものでもないので、本当に個人メモの域を出ない胸算だった。

山崎は紙を見ながら、頭の中で入港をイメージしているのか、ときおり艦の動きを追うような手つきをする。

「まあ、だいたいこんな感じでいいでしょう。たいして変わりませんが、私が使っていたものもお渡ししておきましょうか？」

「ええ、ぜひお願いします。助かります」

山崎は鞄の中から手書きの胸算のコピーを取り出した。

「たいして変わらない」どころか、細かい速力変換や注意事項までもがびっしりと書き込んである。自分にだけ分かればいいという碧の胸算とは、スタンスからして違う。

「ずいぶんと綿密に練られたんですね」

「いや、そもそも腕に自信がないもので、後から気づいた点など細々と書き込んでいたら、こんな感じになってしまいました。まあ、早乙女二佐ほどの腕前なら、ここまで必要ないでしょう」

「いえ、とんでもない。ありがたく頂戴《ちょうだい》します」

碧は恐縮して、もらったコピーをファイルにしまった。

「さて、早乙女二佐。ここから先は紙に残せない話になりますが……」

碧が胸算の入ったファイルをしまうのを見届けると、山崎は長い指を膝《ひざ》の上で組んだ。

紙に残せないとくれば、どんな話かだいたいの見当はつく。

碧はファイルを脇に置いて、居ずまいを正した。

山崎の穏やかな表情がキリリと引き締まる。

「砲術士の坂上《さかがみ》三尉が退艦を希望しています」

ほら来た、と思った。予想どおり厄介な話だ。

碧は深く息を吸って覚悟を決めた。

「坂上三尉は、もうすぐ二年目に入る初任三尉ですよね？　時期的にそろそろ転出させてもいいのではないでしょうか？」

「いや、ここでいう退艦とは転出ではなく、退職の意味です」

察してはいたが、はっきり示されるといよいよ逃げ場がなくなり、追い詰められた思いがする。

碧は山崎の持ってきた幹部乗組員総員の経歴や勤務状況の記載されたファイルを食い入るように眺めた。

坂上光輝《みつてる》。二七歳。大阪大学出身の一般課程出身幹部（A幹）で、期《クラス》の序列は中の上程度。三尉任官後、遠洋練習航海実習を経てすぐにあおぎりの砲術士に着任。語学堪能《たんのう》で、小職域として情報《インテリジェンス》を希望している。

「新卒で入ったにしては少し年齢が高いですが、浪人でもしていたのでしょうか？」

「私もそう思ったのですが、じつは違いまして……。大学入学当初は外国語学部の英語専攻だったはずが、途中で専攻を中国語に変えて履修し直しているのですよね。そこで時間を取られたようです」

山崎は碧の広げているファイルの上に、自らも身を乗り出した。

整髪料だろうか。オーガニック系のナチュラルな香りがふわりと漂う。

主張の強い香りでないところが、いかにも温厚な山崎らしいと碧は思った。

「英語から中国語とは、なにか特別な理由でもあったんでしょうか？」

なだらかな眉を寄せて、山崎は苦笑した。

「さあ。語学に関しては私も今だに苦労している次第で、坂上三尉のような語学堪能な人物の志向については摑《つか》みきれないところがありまして……」

　言葉を濁しながらも、山崎は最後にきっぱりとつけ加えた。

「ただ、思想的な問題ではないと思われますので、その点は心配ありません」

　退職の意志を切り出されてから、何度も坂上三尉本人と面接を重ねてきたのだろう。

「どちらかというと細部にこだわるようなタイプでしてね、一言でいえばまだ全体が見えていないのですよ。学究肌の者によく見られる傾向です。ただ、この点は初任のうちから鍛えれば、どうにかなります」

　どうにかならなかったから退職を希望しているのでは？

　碧は思わず出かかった言葉を呑《の》み込んで、質問を変えた。

「退職の意志はどの程度固いのでしょうか？」

　山崎は膝の上で組んだ長い指を組みなおした。

「正直、かなり固いです。しかし、私はまだ説得の余地はあると考えています」

「つまり、今のところ、話は艦長止まりで？」

　山崎が目を伏せてうなずく。

　どうりで、幹部人事のすべてを握る海幕の補任課にいた碧の耳にも入らなかったわけである。

とんだ爆弾を抱えた艦に来たものだ。

「退職の意志が固い者に任務を続行させても、ロクな事態になりませんよ。士気は下がりますし、事故の元です」

我ながらありきたりな意見を述べているとは思いながらも、碧は言わずにはいられなかった。

山崎は小刻みに何度もうなずきながら、しなやかに反論する。

「承知しています。たしかに艦艇向きのタイプではないかもしれないですが、情報部隊に行けば彼の資質が活《い》きるかもしれません」

しかし、海上自衛隊において情報は大職域である用兵の中の小職域であり、坂上三尉が情報幹部として活躍するには、あと二、三年の艦艇勤務を経なければならない。

「たまたま最初に乗った艦のアタリが悪かったというだけで、あの突出した語学の才を失うのは大きな損失です。ここで海上自衛隊における彼の可能性をすべて奪ってしまうのは惜しい」

正論ではある。しかし、そんな浪花節《なにわぶし》めいた論理が通用するほど人事は甘くない。

もし坂上三尉が退職して砲術士が欠員となった場合、後任を探すのがいかに大変か。

それはつい先日まで海幕の補任課にいた碧が一番よく知っている。

「坂上三尉から申し出があったのはいつごろなんですか？」

「先週ですね」

碧は思わず山崎の顔を見直す。

かりに先週だったとしても、おそらくだいぶ前からその兆候はあったはずだ。山崎がまったく気づいていなかったとは思えないし、思いたくもない。

碧は、伏せられたままの山崎の目をみつめた。

「現在、艦橋直《ちょく》はどんな感じで組まれてますか？」

「え、艦橋直ですか？」

山崎は意表をつかれたように目を上げた。

「今のところ、四直の固定で組んでますが？」

艦橋直とは、航海中に艦橋に上がって艦を操艦するチームのことだ。一日二四時間を四直（四チーム）交代の当番制で勤務するので、一直（一チーム）あたり六時間を受け持つ計算となり、たいていは二時間ごとに交代する。

どの艦でも、この当番を「直」または「ワッチ」と呼んでいる。

艦長はワッチには含まれず、食事と風呂《ふろ》・トイレで艦橋を降りる以外は常に艦長席に詰めている。

艦長以外の幹部の艦橋直は当直士官と副直士官の二人で、操舵員《そうだいん》、見張り員などの艦橋直には海曹、海士がつく。

当直士官につくのはたいてい一尉以上の各科の長クラスか、二尉でも相応の経験と能力のある幹部。副直士官には士《さむらい》配置と呼ばれる、三尉か二尉くらいの初級幹部がつく。

どちらも四名でローテーションできるのが理想だが、艦艇勤務は慢性的に人手が足りないので、当直士官は四名でローテーションできても副直士官は三名でローテーションしていくしかないといったケースも多い。

当然、人数の少ないローテーションのほうが一人当たりの立直時間は長くなり、ペアを組む当直士官と副直士官の組み合わせもずれてくる。

あおぎりの場合は、幸いどちらも四名で回せているため、当直士官と副直士官の組み合わせが常に固定された組み合わせになっているのだろう。

「坂上三尉は誰と組んでいるのでしたっけ?」

「副長の暮林《くればやし》三佐です」

碧が申し継ぎ書類を見直している間に、山崎が即答した。

暮林省一郎《しょういちろう》。B幹の三等海佐で五一歳。砲雷長兼任の副長である。

——副長はちょっと癖があるけど……。

海幕からかけた内線での、小野寺の声がよみがえる。

なるほど。坂上三尉は「ちょっと癖がある」副長と組んでいるのか。

暮林副長は、砲術士である坂上三尉にとっては直属の上司にあたる。

「暮林三佐と坂上三尉がうまくいっていない、ということはありませんか？」

「いえ、そんな事情はありません」

山崎はまた即答したが、心なしか歯切れが悪かった。

「なぜそのように？」

穏やかな目に、探るような色が浮かんだ。

「いえ、坂上三尉は甲板士官業務で暮林三佐と頻繁にやり取りしているはずなので艦橋直でも一緒と聞いて、ずいぶんと密な関係になっているのではないかと、ふっとそう思っただけです」

甲板士官とはだいたい若手の幹部が兼任する役職で、艦の日課を調整したり、威容の保持に努めるのが職務である。

具体的には、両舷に吊《つ》ってある内火艇の運用責任。航海中の真水《まみず》管制を考慮して、シャワー許可時間の調整や便所に溜《た》まった汚物の排出管理。長期出港の際の生糧品《せいりょうひん》

(生鮮食料品)搭載作業の安全確保などなど。

要するに艦における雑務の指揮を一手に引き受ける雑用係である。

副長直轄《ちょっかつ》の役職であるため、なにかにつけ副長の意向を仰がねばならない。

副長との折り合いが悪いとなると、今の役職からして坂上三尉はかなりやりづらい立場にあるはずだ。

碧はふたたび山崎の目を見た。

探るような色は消え、穏やかな目つきに戻っている。

ただ、この件に関してこれ以上は聞かれたくないという一線が引かれたように感じた。

「暮林三佐はどんな人物ですか?」と尋ねようとして、碧は言葉を飲みこんだ。

「坂上三尉の件、承知いたしました。お預かりします」

碧は申し継ぎ書類にあった名簿の暮林三佐と坂上三尉の名前横に小さく赤い丸印を付けた。

山崎はしばらくじっとその丸印をみつめていたが、急に深々と頭を下げた。

「早乙女二佐。本来ならこの件をきちんとしてから申し継ぎをすべきところ、こういう形のまま、あおぎりをお渡しするのは、私も非常に心苦しいのですが……」

年齢のわりにふさふさとした髪には、白いものが意外に多く混じっている。

「完璧な艦なんてどこにもありませんよ、山崎二佐。どうか顔を上げてください」

山崎はようやく顔を上げた。

忸怩《じくじ》たる思いを抱えた表情である。

「ほかに何かありますか？　その……、紙に残せない話は」

山崎は首を横に振った後、静かに姿勢を正した。

「練習艦で多くの艦艇要員を育ててきたあなたにとっては釈迦《しゃか》に説法でしょうが、私は、艦長の醍醐味とは艦を動かすこともさることながら、人を育てることだと思っております」

深い眼差しが碧に注がれた。

「ただＣＩＣ（戦闘指揮所）に籠《こも》ってコンソール（制御盤）をいじるだけが艦艇勤務ではない。あおぎりはシステム護衛艦ではありますが、一人一人が艦を動かしているのだという感覚を肌で実感できる部分が、まだたくさん残っています。この環境を最大限に活かして、あおぎり初の女性艦長であるあなたには、あなたのやり方で艦を動かし、人を育てていって欲しいと願っています」

人を育てる、か。

練習艦ならいざしらず、実働艦の艦長から念を押されるとは思っていなかった。

「分かりました。一番難しいところではありますが」

山崎は小刻みに何度もうなずくと、碧の前にスッと右手を差し出した。

「あおぎりに新しい風を吹かせてください。早乙女二佐」

碧は差し出された手を握った。

山崎の万感の思いが伝わってくる。あたたかでがっしりとした手だった。

「では、申し継ぎはこれで。明日の交代行事はどうぞよろしくお願いします」

碧がうながすと、山崎はゆっくりと立ち上がった。

ロビーまで見送るつもりが、部屋を出たところで「ここで」と山崎に止められた。

そのまま部屋の前で見送っていると、山崎はエレベーターのある角のところでふり返り、ふたたび深々と頭を下げた。

碧もつられて頭を下げる。

さあ、いよいよここからが腕の見せどころだ。

問題は山積していそうだが、そのぶん、やりがいもありそうだ。

頭の中に現在活躍中の女性艦長たちが次々と浮かんだ。

護衛艦の女性艦長第一号として道を拓《ひら》き、現在は女性初のイージス艦艦長としてさらなる活躍を示している美貌《びぼう》の花形、大東瑞希《おおひがしみずき》艦長。
マイペースながら不思議と周囲が持ち上げてくれる人望家、試験艦あすかの小菅千《こすげち》
春《はる》艦長。
少々生意気なところが鼻につくものの、典型的な優等生でオールマイティな後輩、
練習艦むらゆきの宮下真子《みやしたまこ》艦長。
みんな独特で、それぞれのカラーがあるけれど……。
「私は、私の色であおぎりに花を咲かせてみせる」
角を曲がって消えていく山崎の後ろ姿を見ながら、碧は心中でつぶやいた。

4

ちょうど部屋に戻ったところで、LINEの着信音が鳴った。
一人息子の航太《こうた》からだった。
——艦長就任おめでとうございます！
続いて、くす玉が割れて「おめでとう」の文字が飛び出したスタンプが届いた。
航太はこの春から航空学生として下関市の小月《おづき》教育航空隊に入隊している。入隊式

には行ってやれなかったが、今ごろは現地にいるであろう息子の顔を思い浮かべた。浅黒い肌に、くっきりとした強い瞳《ひとみ》。笑うとあどけなさの残る童顔は、別れた夫にそっくりだ。

唯一《ゆいいつ》似ていないところといえば、長身である点くらいだろうか。

両親とも小柄なのに、航太は誰に似たのか、スラリと背が高かった。

あんたはひとつも私に似なかったねえ。私が生んだのに……。

碧は航太への返信の文句を考えた。

——艦長交代は明日だよ。

——こんな時間にLINEなんか大丈夫なの？

まだ着隊したばかりだから、通信規制も緩やかなのだろうか？

あれこれ考えながら、碧は一度打ちこんだ文字をすべて消すと、「ありがとう」のスタンプを押した。

すぐに「既読」はついたが、それきりだった。

言いたいことだけ言えば、その後は驚くほどあっさりしている。

こういうところは、父親ゆずりなのだろうか。

別れた夫であり、航太の父親である越谷《こしや》悠人《ゆうと》も一言でいえばあっさりとしたタイプの男だった。同じ幹部海上自衛官で、現在は館山《たてやま》の第二一航空隊第二一二飛行隊に所属している。

碧と越谷が知り合ったのは、碧が練習艦うみゆきの航海長として遠洋練習航海の途にあったころだ。

越谷は、うみゆきの随伴艦に搭載したSH－60Jのパイロットだった。まだ幹部中級課程を修了する前の飛行幹部で、江田島の幹部候補生学校の期別で同期にあたっていた。

小柄ながら筋骨たくましい体軀《たいく》で、よく日焼けしていた。人懐《ひとなつ》こそうな童顔はとても現役のパイロットには見えず、うっかりすると実習幹部の一人と間違えそうだった。

越谷の乗ったヘリがインド洋上でうみゆきに着艦した日。士官室での昼食時、来賓《らいひん》扱いの越谷は艦長以下序列の高い者順に着席するA卓の上座《かみざ》のほうに着席した。同じA卓にいた碧を、越谷は一度も見なかった。

だから、寄港地ムンバイでの外出先から港に戻るタクシーで、「ご一緒していいですか？」といきなり乗り込んできたときは驚いた。

どこから現れたのか不思議がる碧に、越谷は「ずっと追尾してたんですよ」と笑った。

人懐《ひとなつ》こい瞳がいたずらっぽく光り、白い歯がこぼれていた。

港に着くまでの間、越谷は巧みに碧から連絡先を聞き出し、「またご連絡します」と敬礼して随伴艦に引き揚げていった。

言葉どおり、各寄港地で越谷から頻繁に連絡が入り、二人はやがて他の乗員たちの目を忍んで会うようになった。

「じつは遠航出発前からずっと航海長をマークしてました」

最後の寄港地パールハーバーに入港し、外出先のポリネシアカルチャーセンターで落ち合った際、越谷はなんのてらいもなく白状した。

イブニングショーのファイアナイフダンスの最中で、舞台では燃え盛る松明《たいまつ》を手にした男たちが勇壮なダンスをくり広げていた。

「え? だって越谷三尉《い》、最初の会食の時、一度も私を見なかったじゃないの?」

「なに言ってんですか、航海長。相手に気付かれないように捕捉《ほそく》追尾するのが、対潜戦の基本でしょう?」

私は潜水艦か!

ツッコミを入れようとしたところ、不意に唇で唇をふさがれた。

碧にとって予期せぬ先制攻撃であり、アクシデントだったが、誰もがダンスに夢中で、私服姿の日本人ネイヴァルオフィサー二人の密会など気にも留めていない。

宵闇《よいやみ》の中に炎がゆらめき、南の島の太鼓の音が碧の胸の鼓動と重なった。

越谷の周到な作戦《オペレーション》に見事にはまって撃沈した瞬間だった。

遠い昔の記憶に思わず頬がカッと熱くなる。

若き日の越谷の面影が航太と重なって消えていく。

艦艇部隊では、乗組員が個人名で呼ばれることはめったにない。たいていは配置の名称がそのまま個人の呼び名となる。

越谷も結婚してしばらくの間は、碧を「航海長」と呼ぶ癖が抜けなかった。

もっとも、搭載機の搭乗員に艦の配置はないので、越谷は最初から「越谷三尉」であり「越谷君」だった。

そんな越谷も今では三等海佐である。

碧のほうが階級が上である点は昔から変わらないが、その件が離婚の原因ではない。

幹部同士の結婚は「すれ違い人事」と呼ばれ、同じ勤務地で勤務する機会はほとんどない。

ましてや、艦艇部隊所属の碧と航空部隊所属の越谷とではますますかけ離れるばかりで、結局、出会った配置が同じ勤務地で勤務できる最初で最後の機会となった。

お互いかけ離れた場所で生活しているなら、結婚していてもいなくても同じ。つまり、結婚している意味がない。

それが二人の出した結論だった。

離婚の原因はそれ以上でもそれ以下でもない。

一人息子の航太は碧が引き取った。この件に関して、越谷はとくに異を唱えなかった。

まだ幼く、母親にべったりと懐いている子どもを無理矢理引きはがしたところで、パイロットを続けながら育てられるわけもない。結局は自身の親元へ預けるしかないなら、形ばかりの親権を握ってもしかたないと考えたのだろう。

子どもを取り合うこともなく、お互いに悪感情を抱く期間も機会もないまま結婚生活に「帽ふれ」をしたので、二人の時間は今だに「うみゆき航海長」と「搭乗員越谷三尉」で止まっている。

五年前、越谷が年下の一般女性と再婚したときも、この凪《なぎ》のような元夫婦の関係にさざ波が立つことはなかった。いや、正直なところをいえば、碧の心情に多少のさざ波は立った。しかし、それは未練ではないと碧は思っていた。

基本的に別れた夫のプライベートに関心はなく、越谷のその後の人生にまで干渉する気持ちはさらさらなかった。

しいていえば、元夫の再婚はおめでたいけれども面白くはない、といったところか。

碧のほうにも再婚の話がまったくなかったわけではない。

大学時代の友人に「会ってみるだけでいいから」と熱心に勧められ、大手メーカーの研究職に就いている同世代の男性を紹介されたのが始まりだった。

大して気乗りもせぬまま会ってみるだけ会ってみたところ、意外にも意気投合して交際が続いた。

ＡＩの研究と実装をくり返しているという相手は女性自衛官を敬遠するどころか「こういう仕事ですとなかなか出会いがなくて……。まさかこんな希少なご職業の女性と知り合えるとは」と積極的だった。

男ばかりの職場にいる碧にとっても民間の男性は新鮮であり、なによりその人柄に惹《ひ》かれた。

交際二年目に入ろうかというころ、このままお互いのペースを尊重し合いながら、互いに支え合って行けたらとプロポーズされた。

相手は初婚だったが、航太のことにも理解を示し、航太の高校合格を待ってのプロポーズだった。

航太も母親の再婚に反対して泣くような年齢ではなかったし、表向き何の障害もないように思われたが、相手の海外事業部への転勤が決まってから、関係にさざ波が立ち始めた。

彼は心のどこかで碧が仕事を辞めてついてくることに期待したのかもしれない。

しかし、碧は結局ついていかない道を選んだ。

プロポーズを断っても、互いに良い関係でいようと相手は言ってくれたが、関係はそこまでとなった。

正直、今でも時々、あのまま赴任先についていっていたらと思う時はある。しかし、その先の生活をまったく想像できないのも事実だった。

想像できないものを想像してもしかたがない。しょせんはご縁がなかったのだ。

うっすらと後悔の念が頭をもたげるたび、碧はそう思うことにしていた。

こういうとき「縁」とは便利な言葉だ。何でもそのせいにできるし、そこに思いを馳《は》せることもできる。

もしもまたなにかのご縁が巡ってきたら……。

今度は流れに身を任せてみるのもいいかもしれない。碧は時おりフワリとそんなことを考える。

そのような中で、越谷とは、たまに内線で連絡を取り合っていた。つい最近でいえば、航太が小月教育航空隊に入隊を決め、碧があおぎり艦長の内示を受けたタイミングで、碧は越谷から内線の電話をもらった。

「航太の教空入り、おめでとう」

元配偶者と内線でつながっているというのも妙な間柄だが、これからは息子とも内線でつながるのかと思うとより一層おかしかった。

「ありがとう。おかげさまで航太も越谷君の血を引いて、きっと優秀なパイロットになるでしょうよ」

「なにをおっしゃいますやら。優秀な航海長の血でしょう」

越谷はまだ碧を「航海長」と呼んで謙遜していたが、碧は複雑な思いを抱いた。

航太が、海自パイロットの登竜門である小月教育航空隊に入隊を決めたのはもちろんうれしい。

しかし、久しぶりに話す越谷の口から「おめでとう」と言われると、どこかくやしいのだった。

もしも、航太が防大生か一般の大学生になったのだったら、こんな気持ちにはならなかっただろう。

航太が父親と同じ航空学生の道を選んだ時点で、碧はなぜか「負けた」と思った。離婚に際して親権争いをせず、あっさり息子を渡してくれたはずの越谷に、ここへきていきなり息子を持っていかれた思いだった。

結婚前も結婚後も互いの階級を意識したためしはなく、どちらが上でどちらが下とも思わなかったのに、一人息子の航太にとっては越谷の存在よりも母である自身の存在のほうが「上」だと思っていた。

越谷に「おめでとう」と言われてくやしいのは、「下」の者に息子を取られたうえ、謙遜されるくやしさに近いのかもしれない。

ばかばかしい。親子関係に勝ち負けも序列もないのに。

受話器を握りながら苦笑いをした。

航太を育てるにあたり、結局は碧も自身の親元を頼るしかなかった。

陸上勤務の時は辛うじて毎日我が子の顔を見られたが、艦艇勤務となるとそうもいかない。

三ヶ月に一度程度面会に来るだけの越谷を決して責められぬほど、我が子と顔を合わせる機会は少なくなった。

幼いうちは航太も碧の長期出港の度に泣いた。だが、思春期に入ると、母親が家にいないほうがかえってありがたいのか、淡々とした態度を取るようになった。航太に反抗期はなかったと思っていたが、それは単に反抗期の間、碧が家にいなかっただけだったのかもしれない。母と同じく一般大から海自幹部候補生となり、艦艇部隊に進んでほしいなどと願ったつもりはない。

しかし、なにも離れて暮らす父と同じ航空学生のコースを選ばなくてもいいだろう。碧にとっては、航太の選択こそが母に対する最初にして最後の反抗のような気がするときがあった。同時に、そんなふうに考える自分自身を「どうかしている」とも思う。

久しぶりに話す越谷からの電話でさえ、息子を奪った敵《ライバル》からのあてつけのように感じている自身に呆《あき》れたのだった。

元夫に対する未練はないのに、一人息子の父に対しては嫉妬《しっと》に似た感情を覚える。もういいかげん、この感情から卒業したい。卒業せねば……という思いがあった。

「あのね、越谷君」

越谷は再婚はしたが、再婚相手との間にまだ子どもはない。それはもしかしたら航太に遠慮してのことではないか、と人づてに聞いたことがあった。

碧の心にまた少しさざ波が立っていた。いつかその件について直接、越谷に確かめてみたい。もしも人づてに聞いた噂《うわさ》が本当なら、そんな遠慮なんてしなくていいのだと言ってやりたい。

言葉が喉元《のどもと》まで出かかったときだった。

「で、この春の人事だけど……。いよいよ女性初の飛行長が誕生するらしいね」

機先を制されて、あわてて言葉を呑み込んだ。

「どうして、それを？　誰から聞いた？」

「いや、晴山《はれやま》が自分で匂《にお》わせたから。でも、こういう話は匂いだけで腹一杯になるほど、すぐに広まるものでしょう？」

「ああ、晴山さん？　女性飛行長って晴山さんのことだったんだ！」

思わず声が高くなり、碧はあわてて受話器を押さえた。

あおぎりは通常、哨戒《しょうかい》ヘリのSH－60Jまたは60Kを一機搭載して行動する。護衛艦において、搭載ヘリの運用に関わるすべての作業を受け持つ飛行科を統率するのが科長の飛行長である。

当然ながらヘリに精通している幹部でなければならず、経験豊富な航空学生出身のパイロットが飛行長に就くパターンが多い。

――これはまだ確定ではないが、あおぎりでは今回初めて、女性の飛行長を起用する予定だ。実現すれば、女性初の飛行長は話題になるだろうし、女性艦長に女性飛行長という組み合わせもなにかと注目されるだろう。その点も覚悟しておいてもらいたい。

補任課長から、自身の配置の打診に加えて女性飛行長の件もほのめかされていたのだった。

まさか晴山芽衣《めい》三佐だとは思い至らなかった。

晴山は越谷と同期の航空学生出身の女性回転翼機パイロットだ。

一般幹部候補生と飛行幹部候補生とで課程は違ったが、碧とも同期にあたり、江田島の学生隊舎で何度か顔を合わせた記憶がある。

徳島県にある小松島《こまつしま》航空基地のパイロットとして第一線で活躍した後、教官配置などを経て目黒の幹部学校でCS（指揮幕僚課程）を修了。典型的な出世コースに乗った航空用兵幹部である。

癖毛のショートヘアがトレードマークで、航空学生のころから注目され、ミリタリー雑誌やテレビのドキュメンタリー番組など様々なメディアに取り上げられてきた。

きつい印象だが、華やかな顔立ちでスター性もあり、海自の看板パイロットといってよい。

「あいつ、副長兼任じゃなきゃいやだってゴネたらしい。知ってる?」

初耳だった。あおぎりには砲雷長を兼任している現副長が残っていると聞いたが、その裏にはそんな交渉もあったのか。

「その様子だと、航海長も次はいよいよ艦《ふね》みたいだね。もしかしたら、そうかなと思って電話してみたんだ」

「相変わらず、いい勘してるよ。越谷君」

受話器の向こうで、越谷が息を吐く音が聞こえた。小さく笑ったのだろう。

「もし同じ艦だったら晴山によろしく。あいつイケイケだけど、根はいい奴《やつ》だから」

越谷はそこでいったん言葉を切って、声をひそめた。

「ところで、次はやっぱりボスなんでしょう?」

返事をしなかったが、越谷はすべてを察知したようだった。

「おめでとうございます、早乙女艦長。ご武運を祈ってますよ」

第二一航空隊からの内線が切れた後の、ツーツーツーと響く発信音が今も耳に残っている。

碧は部屋の窓に近寄り、重たい遮光カーテンを開けた。内側のレースのカーテン越しに、呉駅のイルミネーションが滲《にじ》んでいる。

冬場より日が延びたとはいえ、まだ四月上旬。申し継ぎに気を取られているうちに、すっかり日が落ちて夜になっていた。

薄いレースのカーテンも開けると、いよいよ明日、あおぎり艦長に着任する自身の顔が窓に映った。

すべての造りが小さく、引き締まった顔の中で、切れ長の瞳だけが際立《きわだ》っていた。いつも薄く口紅を引いただけのノーメイクだと打ち明けるとたいていは驚かれる。

小柄で華奢《きゃしゃ》な体型ゆえか、年齢より若く見られることも多かった。

そろそろ、この髪も何とかしなくっちゃなあ……。

老《ふ》けて見られないのをいいことに、中途半端《はんぱ》に伸びた髪をいつも後ろで一つにまとめただけだった。

ためしにほどいてみると、癖のない黒髪がパラリと額にかかり、見慣れた顔がやけに艶《つや》っぽく映ってギョッとした。

何だかんだいって、四四歳。艦艇勤務に色気は必要なし。しばらくこれでいいや。

碧はまた髪を後ろでまとめた。

「二等海佐早乙女碧、ただ今から護衛艦あおぎりの指揮を執る！」

窓に向かって宣言すると、夜の中に浮かんだ自身の姿が急に別人のように見えてきた。

よし。明朝に備えて今日は早く寝よう。

碧は勢いよく遮光カーテンを閉めると、浴室に向かった。

第二章 着 任

1

潮気を含んだ風が頰を掠《かす》めていく。

せっかく髪をきつく後ろにまとめてきたのに、久しぶりの海風が後れ毛を細かく乱す。

碧は白手袋を嵌《は》めた手で、制帽の下のまとめ髪をそっと押さえて撫《な》でつけた。

三本の金線を巻いた制服の上衣とパンツは、ホテルのプレスサービスで念入りにプレスしてきた。

白い汚れの目立つ黒地の生地も充分にブラッシングして埃一つ付いていないはずだ。

よし、完璧《かんぺき》。

春とはいえ、桟橋に吹き寄せる海風はまだまだ冷たい。

制服の生地を通り抜けて来る寒さに、碧は軽く足踏みをした。

むらゆき艦長時代から愛用しているセイコーのルキアに目を落とす。

艦長交代行事は〇九〇〇《まるきゅうまるまる》（九時）から。

少し早く来すぎたか。さすがにまだ迎えの内火艇《ないかてい》は着いていないかもしれない。

呉教育隊桟橋へと向かう足取りをゆるめて、Ｆバースの方向を見やると、花曇りの天気の中、係留されている護衛艦の艦影が煙るように揺れている。

係留艦艇は、時期によってほとんど出払っていたり、艦隊集合などで混み合っていたりするが、今日は五、六隻《せき》ほどだった。

あの中に、あおぎりがいる。私の艦《ふね》……。

潮の香りが鼻腔《びこう》に満ち、ぞくぞくするような高揚感が湧《わ》いてくる。

碧は目を閉じ、大きく深呼吸をした。

あおぎりの所属する第一二護衛隊は呉を母港とする。

呉は旧海軍の時代から、横須賀と並ぶ造船の町だ。かの戦艦大和を生んだ海軍工廠《こうしょう》の跡は今、ジャパンマリンユナイテッドの造船所となり、朝早くからリベット接合でも行なっているのか、しきりに金属を打ちつける音が響いている。

呉中央桟橋から出港するフェリーの汽笛の音が背後に聞こえ、「おかえり」と言ってくれているように聞こえた。

懐《なつ》かしい我が家に帰って来た感覚に包まれて目を開くと、休山《やすみやま》が遠く霞《かす》んでいる。さほど高い山ではないものの、裾《すそ》の広い稜線《りょうせん》は周辺の山々の稜線と重なって、ボコボコと凹凸のあるラインを形作っている。まるで、Ｆバースや造船所を抱きかかえているようだ。

ただいま。帰って来たよ。

初任三尉《い》で初めて配属されたあやぐもの母港も呉だった。その後、横須賀を母港とする艦の配属もあったが、初めて艦長を任されたむらゆきの母港もまた呉。自身の艦艇勤務の節目節目を呉で迎えたせいか、碧にとって呉の町は第二の故郷のようなものだ。

今度は初めてのヘリ搭載艦の艦長という節目を迎える。この呉で。

感慨もひとしおのところ、桟橋に不動の姿勢で立っている一人の幹部自衛官の姿を認めた。

まさか、もう来ているとは……。

どうやら早めに出て来た碧よりも早く、あおぎりからの迎え便が到着していたようだ。

碧は襟元を正し、肩を開いて胸を張った。

艦長は、その艦の主《あるじ》であり顔。艦長の威容こそが、すなわちその艦の威容につながる。

男だろうが女だろうが関係ない。

とはいえ、潜水艦や水上艇を除いた海上自衛隊の水上艦艦長総数およそ八〇名のうち女性艦長は現在四名のみ。

碧がむらゆき艦長を務めたころほど珍しい存在ではなくなったものの、女性艦長はまだ一割にも満たない。

四名それぞれが「女性艦長」全体としての威容を背負って立つことになる。

私もまさに今、この瞬間から……。

「あおぎり砲術士兼甲板士官、坂上三尉。お迎えに上がりました！」

碧が桟橋に着くやいなや、その若手の幹部は緊張した面持ちで挙手の敬礼をした。

なるほど、これが例の爆弾……。いや、退職希望者か。

碧は坂上の全身に素早く目を走らせた。

スラリとした長身にして細身。青ざめたような顔色は元来の色白のせいなのか、それとも体調が悪いのか。

どことなく気品のある、スンとした和風の顔立ちは、ひな人形の「お内裏《だいり》さま」を彷彿《ほうふつ》とさせる。

敬礼の仕方一つにしても動きが硬く、ぎこちない。

ギリギリと巻いたゼンマイ仕掛けのような敬礼に、碧は静かに答礼した。

桟橋には、一艇の内火艇が軽く上下に艇身を揺すりながら横付けされている。

舷側《げんそく》に「あおぎり01」と白文字で書かれた、全長一〇メートルに満たない、エンジン付の短艇《ボート》である。

艇首と艇尾にはセーラー服姿の海士《かいし》が立ち、艇の中ほどに位置する操船機器の前には艇長の海曹《かいそう》が立っている。

内火艇は主に人員や物資の輸送に使われるが、そのほか溺者《できしゃ》救助や外舷のペンキ塗りなど、訓練や作業に使われることもある。

普段は艇首員、機関長（艇尾員）、艇長の三名の海曹・海士で運航され、服装も作業服の上に救命胴衣を装着するのみだが、来賓の送迎など特別な時は、幹部の艇指揮がつく。

今日は艦長交代という特別時なので、艇指揮の坂上砲術士以下、制服制帽に白手袋着用、オレンジ色の救命胴衣を装着している。

内火艇の艦尾に掲げられた自衛艦旗が、曇天の中、鮮やかな赤い旭日《きょくじつ》模様を水面に映しながら翻《ひるがえ》っている。

坂上は先に桟橋を降り、続いて碧も桟橋を降りる。

内火艇の艦長席は前部にある。艦長が乗艇していようといまいと、この席には艦長以外の誰も座ることができない。

ちょうど艦長席を囲むように外舷色の覆《おお》いのかかった波よけがついており、その向こうでは、艇が桟橋から離れないよう、艇首員の海士が爪竿《つめざお》を引っ掛けて繋《つな》ぎ止めていた。

坂上は碧を艦長席に案内すると、自身は艇尾に近い所定の位置に戻った。

艦長席には赤と青の二色に染め分けられた敷物が敷いてある。

これは二佐の艦長のために用いられるもので、一佐は赤一色。将官になると黄色になる。

以前、むらゆきの艦長として迎えられたときも、同じく赤と青の敷物が用意されていた。

あれから六年か。

胸に込み上げてくるものを感じながら、碧は艦長席に座った。

艇首員が爪竿を外す。

ピッ。

すぐさま坂上が号笛を鳴らし、内火艇が発進する。

前から風を受けながら、碧は懐かしい内火艇の振動に身を任せた。

ピッピッ。

短二声で増速した内火艇はジャパンマリンユナイテッドの造船所で建造中の大型船舶を横に見ながら通過し、一路あおぎりの待つFバースへと向かう。

右前方には、大麗女島《おおうるめじま》と小麗女島《こうるめじま》灯台が見える。

まるで親子か姉妹のように、大小二つ仲良く並んだ島だ。

大麗女島のほうにはかつて、特殊潜航艇「蛟龍《こうりゅう》」の地下工場があったらしい。現在は海上自衛隊の弾薬庫として使われているが、こんもりとした緑に覆われた島影の裾には地下壕《ごう》入り口と見られる穴が、遠目にも認められる。

一方、岩肌の目立つ小麗女島に建つ灯台は、さながら岩に咲いた白い水芭蕉《みずばしょう》の花のようだ。付近を航行する船舶にとって、なくてはならない重要な存在である。

初任のあやぐも勤務時代の昔からこの二つの島影が見えてくると「ああ、呉に帰って来た」という安堵《あんど》が訪れたものだ。

これからはまたこの二つの島を目印に出入港を繰り返すのだろう。

内火艇はゆるやかに変針し、いよいよFバースに近づいた。

グワッ、グワッ、グワッ。

護衛艦を係留するもやい綱が軋《きし》んで、鳥の鳴き声にも似た独特な音をたてている。

ああ、この音。久しぶりに聞くなあ。

艦名の書かれた艦尾をこちらに向けて、係留艦艇がさざ波に船体を揺すっている。

手前側の奥に掃海艇みやじま。みやじまの手前には輸送艦おおすみがどっしりと構えている。

反対側の奥には、護衛艦さざなみとたまが連なっており、あおぎりはその手前の護衛艦おいらせに連なって揺れていた。

艦尾に白く抜かれた「あおぎり」の四文字を認めた瞬間、全身に悪寒《おかん》にも似た震えが走る。

今日からここが私の城。

碧は小さく揺れる内火艇の中から「城」を見上げた。

通常、艦艇はいわゆる上甲板を第一甲板とし、それより上の構造物を01《ぜろいち》甲板、02

甲板と呼称する。

あおぎりではオープンデッキとなっている出入港用の作業スペースの一段上に01甲板が設けられて飛行甲板となっている。

そのため、艦尾から眺めると、まるで二階建ての建物のように見える。

出入港作業用のスペースには、もやいを巻き取る係船機や曳航式《えいこう》ソナーOQR－1の影がのぞき、後部甲板にたなびく旭日の自衛艦旗の向こうには、個艦防空用ミサイル・シースパロー短SAMの箱型ランチャーが見え隠れしている。

さらにその奥には、垂直にそそり立つ巨大なヘリ格納庫が大きな口を開けて構えている。

隣に係留されている、格納庫を持たないおいらせが、親子ほどにも小さく見える。

内火艇が艦尾をかわして右舷側《みぎげんがわ》に出ると、おいらせはすっかりあおぎりの向こうに隠れてしまった。

代わりに全長一三七メートルのあおぎり右舷の全貌《ぜんぼう》がくっきりと姿を現す。

大きさとしては、旧軍の連合艦隊でいう軽巡クラスよりは少し小さいだろうか。長さだけでいえば一般的な小学校の体育館二つ分ほどはある。

名称こそ「護衛艦」だが、実質的には立派な駆逐艦《デストロイヤー》だ。

前部と後部に立った二本のマストの間に二本の煙突を挟んだ、連なる山峰のような艦影が最大の特徴だが、近くから見上げると、艦首から艦尾まではとても一目では見渡しきれない。

碧は目を細めて、艦首からゆっくりと視線を移していった。

日の丸の艦首旗を掲げた、セミ・クリッパー型と呼ばれる艦首は、突き出しをやや抑えながらも、鋭く前に張り出している。

艦首右に抱えられた錨《いかり》は、さながら獣の牙《きば》のようだ。

あおぎりは艦底にソナーを備えているため、艦首にソナードームのある艦のように二つの錨を艦首前と左に備えず、左右に備えている。

投錨《とうびょう》の際、錨がソナードームに当たる心配がないためだ。

こちらからは見えないが、艦首左にも同様に錨が抱えられており、艦首を鼻先に見立てると、きり型護衛艦の錨の位置はまさに獣の両牙である。

「牙」の下に白字で大きく抜かれた「159」の艦番号からは、151から始まる同型艦の中で一番若い艦であることがわかる。

艦首から船体中央にかけて次第に低くなっていく外舷の傾斜は、いかにも護衛艦らしいスマートさだ。

さらに艦橋構造物の下あたりまでは、外舷の側面を波よけのナックルラインが走っており、そのせいでラインの下側だけグレーの外舷色が濃く、影《シャドー》が入っているように見える。

もちろん、そのように見えるだけで、実際に塗り分けられているわけではない。護衛艦の喫水線より上の塗装は基本的にグレーの外舷色一色。

一口にグレーの外舷色といっても、その明度は国によって微妙にちがう。米海軍のフリゲートなどは、同じグレーでも海自の護衛艦より明るいトーンのグレーで、白っぽい感じがする。

外舷色をそれぞれの国の海の色に合ったものに定めているためだ。

そういう意味では、日本の海の色はやや暗いのかもしれない。

碧は外舷から前甲板上に視線を移した。

前甲板には護衛艦のシンボルともいえる主砲、六二口径七六ミリ単装速射砲の砲身が前方を指向して睨《にら》みを利《き》かせている。

砲塔はコンパクトな球形で、遠目にはまるで小さいお椀《わん》を伏せたような風情《ふぜい》に映る。威容の面では旧軍の戦艦のいかめしい砲塔にはかなわないが、性能は段違いだ。一分間に一〇〇発を速射する威力と命中精度の高さは対空戦に強く、まさに前甲板の守護神である。

その後ろに構えているロケット式対潜魚雷・アスロックの箱型ランチャーは、大きさからすると、主砲より断然大きい。まるで大型トラックの荷台のような、角ばったシルエットが主砲とは対照的である。

以降の護衛艦ではアスロックもシースパローもVLS（垂直発射）方式となり、発射筒はセルの下に埋め込まれてしまっている。あおぎりのように前部と後部に箱型ランチャーを備えたタイプはこれが最後かもしれない。

アスロックランチャーから艦橋構造物に目を移したとたん碧の眉根《まゆね》に力が入った。後方を除く全方位に窓をまんべんなく張り巡らせた、要塞《ようさい》のようなこの構造物こそ、あおぎりの司令塔。ここから下される命令、判断があおぎり全体を動かす。

私の居場所だ。

ＣＩＣ（戦闘指揮所）に入って指揮を執ることもあるが、航海中の艦長の持ち場は基本的に艦橋である。

風呂《ふろ》とトイレ、食事時以外は基本的に艦橋にある艦長席を降りない。中には、食事まで艦長席に運ばせる艦長もいる。

これから先、いやというほど世話になるあおぎりの艦長席に思いを馳《は》せるうちに、内火艇の艇首から吹き寄せていた風が強くなり、碧はますます力を入れて眉根を固めた。

艦橋を護衛するかのように構造物のすぐ後方に控えているのは、高性能二〇ミリ機関砲・シウス。

肝心の砲口は周囲の塗装と同化してよく見えないが、上部にある白いレドームはやけに目を引く。

二十数年前、リムパック（環太平洋合同演習）参加中に、同型艦のシウスが標的を曳航していた米軍の艦上攻撃機を誤って撃墜した際、碧はまだ普通の大学生だった。

誤射である点も忘れて、海上自衛隊の護衛艦に米軍機を撃墜できる威力があるというところに、なぜか異様な胸の高鳴りを覚えた。

まだ女性艦長など一人も存在しなかったあのころ、まさか後に自身が同型艦の艦長になるとは夢にも思っていなかった。

あれが、あのときと同型のシウスか……。

碧は感慨深くシウスの白いレドームに目を留めた後、高々とそびえる艦橋マストに視線を移した。旗旒《きりゅう》を掲揚するロープの間からは、OPS－24三次元レーダーやOPS－18C対水上レーダーの姿が垣間《かいま》見《み》える。

内火艇が中部舷梯《げんてい》に近づくと、今度はどっしりとした二本の煙突が視界を覆ってきた。

特に後部の第二煙突は、こうして右舷側から見ると後ろの格納庫と壁面が一体化して、巨大な箱のようだ。

第二煙突の脇《わき》には、対艦ミサイル・ハープーンSSMの四連装発射筒が斜め上方を向いて構え、同じく第二煙突付近の上甲板には、三連装短魚雷発射管が身を横たえている。遠目には小さく見えるが、発射管の長さはゆうに碧の身長を超える。

さすが汎用《はんよう》護衛艦だけあって、対艦、対空、対潜と、あらゆる用途任務に耐えられる造りになっている。

もちろん、すべてが完璧なわけではない。

格納庫の大きさが災いして、ステルス性に難があるとか、第二煙突の排煙が後部マストに影響するとか、さまざまな問題点が指摘された艦ではあった。

しかし、それでも昭和の最後に建造された一番艦から始まって改良を重ね、平成三年建造の九番艦あおぎりに至るまで、きり型護衛艦はまちがいなく平成を代表する護衛艦だったのだ。

一時は練習艦落ちした一番艦と二番艦も再び護衛艦に復帰し、艦齢延命工事が行なわれている。

令和の時代になってもまだまだ、きり型護衛艦は活躍するだろう。

必要とされるかぎりは、どこへでも行くぞ。

碧はあおぎりが大海を征《ゆ》くさまを想像した。

トレードマークの二本マストを頂にした、連なる山峰が波間を拓《ひら》いて進んでいく。後方になびく白く長い航跡《ウェーキ》。垂直にそそり立つ巨大な格納庫をバックに、飛行甲板から飛び立つSH－60Kのヘリコプター。

勇壮な映像がありありと脳裏に浮かぶ。

航海中の、軽い地響きにも似たガスタービンエンジンの振動が足元からよみがえり、碧は軽く身震いした。

これから先、あの感覚をまた何度も味わえるのだ。

ああ、早く動かしたい！

碧はしばらく息をするのも忘れて、あおぎりのごつごつとした船体《シルエット》に見入っていたが、ふと視線を感じて、アッと息を呑《の》んだ。

あおぎり外舷の戦闘通路に沿ってズラリと一列に整列している乗組員たちの姿が目に飛び込んできたからだ。

皆、黒の制服に白手袋を嵌め、気を付けをして碧を待っている。

私に任されたのは、あおぎりだけじゃない。乗組員一七〇名。その命を預かるんだ。

今日から……。

これまでの海幕勤務が、まるで嘘《うそ》のようだ。

私はまだ長い夢の続きを見てるのか？

いや、これは夢じゃない。今日の、この瞬間から、私の現実が始まるんだ。

いや、もうすでに始まっている！

2

ピッ。

短一声で内火艇は速力を落とし、あおぎり艦尾からゆっくりと右舷中部に下りている斜め舷梯に近づいていった。

ピーッ。

後進をかけて停止した内火艇は爪竿で舷梯の下にたぐりよせられた。

乗艇時とは逆に、序列の高い者から先に降りることになっている。艦長乗艇の場合は当然、艦長が真っ先に降りる。

碧は毅然《きぜん》と艦長席を立った。長いブランクにもかかわらず、身体《からだ》が自然と艦艇勤務モードに切り替わっていた。

左右に揺れる艇内でバランスを取りながら、内火艇の外舷を跨《また》ぐ。

斜め舷梯の梯子《ラッタル》を上り始めると、中部甲板に取った舷門から当直海曹のゆっくりとしたサイドパイプが鳴り響いた。

サイドパイプは横笛のように横に銜《くわ》えて吹く号笛で、艦の号令はすべてこのサイドパイプによって達せられる。

長さは約一〇センチほどで、ボールペンと大して変わらない。吹口の反対側に穴の開いた持ち手があり、この持ち方によって音色を変える。

サイドパイプによる艦艇長の舷門送迎は英国海軍から伝わり、旧帝国海軍時代を経てなお続く伝統ある礼式である。

最初の低音を長く引いた後は、一気に高音に上がり、最後は静かに低音となる。

「ホーヒーホー」と俗称される独特の音色は、熟練した海曹でも毎回完璧に吹きこなすのは難しい。

艦長交代行事とあって練習を積んだのか、熟練の者を選抜したのか、さすがにこの日のサイドパイプはみごとだった。

低音から高音まで、一度も掠れたり途切れることなく、澄んだ音色が響きわたる。

ちょうど最後の低音が終わるあたりで、碧はあおぎりの舷門に到着した。

舷門では、白地に赤線の入った腕章をつけた当直士官、副直士官を従え、前艦長の山崎が目深《まぶか》にかぶった制帽の下、緊張した面持ちで待っていた。

温厚なイメージは昨日の私服姿のときと変わらぬものの、制服を着るとやはり武人である。穏やかな佇《たたず》まいの中にも、きりりと引き締まるものがあった。

碧の敬礼に答礼した後、山崎は丁寧な物腰で碧に先を譲り、艦首へとうながした。

外舷通路に並んでいる乗組員たちが一斉に挙手の敬礼をする。

碧は流し敬礼をしながら山崎と前後に並んで歩いた。

艦長交代行事というおごそかな雰囲気をまといつつも、初めて女性艦長を迎える好奇の視線は隠しきれていない。

――へええ、これが次の女艦長か。

――海幕から来たばかりで、艦艇勤務は久しぶりらしい。大丈夫なのか？

口にこそ出さないものの、一人一人の内面の声があからさまに聞こえてくる。

碧はそれらすべてを自身への期待と受け取った。

望むところだ。受けて立とう。

前部に装備されているアスロックの八連装ランチャーが見えてきた。一見、トラックの荷台のような形状も、実際は直方体の形をした発射セル八本の集合体である。発射の衝撃にも耐えうるがっしりとした架台がセルを支えている。

さらに進んで錨甲板に出ると、六二口径七六ミリ速射砲の球形の砲塔が薄日を浴びて光っていた。遠目には小さく映る砲塔だが、間近で見ると、ゆうに二人は中に収容できそうな大きさである。

手入れの行き届いた砲身は真正面を指向し、見映えよく斜め上方に仰角《ぎょうかく》を取ってある。

反対舷の中部甲板を過ぎて後部甲板に出ると、ＷＡＶＥ（女性海上自衛官）たちが一〇名ほどまとまって舷側に整列していた。

女性幹部は見当たらず、女性海曹士の中で最先任と思われる航海科の二曹が強張《こわば》った表情で碧を見つめている。

たしか最近転出したばかりの機関長が唯一《ゆいいつ》の女性幹部だったはずで、この後に着任予定の女性飛行長が来るまで、艦長である碧がＷＡＶＥの最先任となる。

いくら男女平等とはいえ、今までの経験上、艦の分隊編成とは別にＷＡＶＥはＷＡ

VEだけで一つの集団として扱うべき局面がある。艦全体の指揮を執らねばならない自分のほかに、WAVEたちの指揮を執れる存在がどうしても必要だ。

これから着任する、江田島の同期にあたる次期飛行長、晴山芽衣三佐を思い浮かべた。

候補生学校卒業以来顔を合わせていないので今はどんな幹部になっているか分からないが、おおいに期待しよう。

WAVEたちに流し敬礼をして、シースパローの八連装ランチャーの側を回る。

こちらのランチャーは前部のアスロックランチャーより一回り小さく、同じ直方体の発射セル四本の集合体が二基並ぶ形で構成されている。

シースパローのランチャーの上方には、飛行甲板と格納庫の一部がのぞいて見えた。

むらゆきには飛行甲板はあっても格納庫はなかった。

いよいよヘリ搭載護衛艦に着任したのだという実感がこみ上げてくる。

このまま飛行甲板に上がって格納庫の全貌を確かめたい気持ちに駆られたが、碧は山崎とともに上甲板を一周して艦長室に入った。

青い絨毯《じゅうたん》の敷かれた艦長室は整然と片づいていた。

わずか五畳ほどのスペースの、入ってすぐのところには白い掛布の掛かったソファとサイドテーブルのセットが配置されている。

　正面に丸い舷窓があり、舷窓の下には連絡用の艦内電話が掛かっている。奥にはテレビと小型の冷蔵庫。ソファセットの反対側に専用の机。机の奥はアコーディオン式のカーテンで目隠しされており、その向こうは風呂やトイレなどの個人スペースになっているのだろう。

　山崎は奥のソファに腰かけ、碧にも席をすすめた。

「昨日はよく眠れましたか？」

「はい」と即答する碧に、山崎は小刻みにうなずきながら「まいった」というような笑みを浮かべた。

「さすがです。護衛艦の艦長はそれくらい肝が据わっておりませんとねえ」

　本当は興奮してよく眠れなかったのだが、なぜか正直に告げられなかった。強がりなのか、見栄《みえ》なのか、碧は自身でもよく分からなかった。

「さて、申し継ぎとして昨日お話しした内容はこちらのほうに」

　山崎は黒いファイルと分厚い茶封筒をサイドテーブルの上に出した。

「昨日、ホテルでお見せしたものと同じものです。あの後、私のほうで思いついたことなどを二、三、書き込んでおきました。なに、ほんのメモ書き程度で大したことではないのですが」

「そうでしたか。ありがとうございます」

碧はファイルを閉じ、書類と一緒に受け取った。

笑顔で右手を差し出すと、山崎は一瞬とまどった表情を浮かべた。

「こういうとき、最後になにかそれらしい、かっこいい言葉を残せればいいのですがね。あいにくなにも思いつかなくて……」

照れたように言い差した後、山崎は口元を引き結び、真剣な面持ちで碧の手を握った。

「では、後を……、あおぎりを頼みます。早乙女艦長」

昨日の申し継ぎ時から二度目の握手である。

碧の呼び名が「早乙女二佐」から「早乙女艦長」に変わっていた。

「はい、たしかに」

碧もまた、最後にふさわしい気の利《き》いた言葉が思い浮かばない。

山崎の深い眼差《まなざ》しを受けながら、型通りの「いただきました。お疲れ様でした」の後に、思いを込めて「どうかお元気で」とつけ加えた。

「ええ、早乙女艦長もお元気で」

山崎が、ふたたびさわやかな笑顔に戻った。

これで新旧の艦長交代は完了した。

この瞬間から碧が護衛艦あおぎりにおける指揮権の一切を握る。

「第一内火艇、用意よろしい！」

絶妙なタイミングで副直士官が呼びに来た。

きちんとアイロンの利いた、白地に赤の二本線の入った腕章を巻いている。

初任三尉なのだろうが、内火艇で迎えにきた坂上とはまるでタイプが違う。

小柄ながら動きの一つ一つが、きびきびとしてキレがある。

顔立ちも精悍《せいかん》で隙《すき》がない。視力も良さそうな、一重瞼《まぶた》の鋭い目をしている。

こんなふうに勢いのある後輩が後から着任して来ると、先輩としてやりづらいだろうな。

碧はふと、坂上の立場になって思った。

「では、まいりましょうか」

碧は了解の合図をして副直士官を帰し、山崎をうながして立ち上がった。

今度は碧が山崎に先を譲り、二人前後して艦長室を出る。

山崎は入り口を出てからかすかにふり向き、ドアの上にかかった「あおぎり艦長室」のプレートを見上げるそぶりを見せた。

艦長室を出た途端、さまざまな思いがこみ上げてきたのだろう。

しかし、途中で思いを断ち切るように前を向くと、それ以降は一切ふり返らなかった。

長身ゆえ、身をかがめるようにしてハッチをくぐり、堂々と前を行く。

肩幅の広い、がっしりとした後姿は晴れ晴れとしていながらも、どこか哀愁が漂って見えた。

指揮官の孤独というものだろうか。

今までこの肩に担《にな》われてきた責務の一切をこれからは碧が担う。今日からすべて碧一人の判断・決定があおぎりを動かす。

もう誰にも頼れない……。

不意に心許《こころもと》なさが襲ってきた。

しかし、舷門に出た瞬間、ハッと我に返った。

なにを今さらビビッているんだ？　誰にも頼れなくて当たり前。艦長とはそういうもの。よく分かってるはずじゃないか。

曇っていた空がしだいに晴れて来た。

やわらかい春の日差しが前を行く山崎の肩に降り注ぐ。

温厚な山崎の人柄に、Fバースに吹きつける冷たい海風も、そこだけゆるやかに吹いているように感じられる。

佳《よ》き日だ……。

山崎に続き、ふたたび上甲板を一周しながら碧は思った。

敬礼する乗組員一人一人に目線を合わせているのか、山崎の歩みはゆっくりだった。

若い海曹海士や女性自衛官の中には、うっすらと涙ぐんでいる者さえいる。

先任海曹たちも涙こそ見せないものの、精一杯の敬意と謝意を込めて敬礼しているのが見て取れた。

山崎が築き上げてきた信頼の強さと深さがうかがわれる。

最後に舷門付近で敬礼している幹部たちの列の前に差し掛かると、山崎は答礼しながら一人一人に小さくうなずき返しているようだった。

幹部の列の最後である三佐の副長の前に来て、「新艦長を頼みますね」と小さく念を押しているのが聞こえた。

名札には「あおぎり副長・砲雷長　暮林」とある。

暮林は柔和な山崎とは真逆のタイプの副長だった。制帽の下から濃い眉が盾のように張り出し、そのすぐ下で奥二重の目が鋭い眼光を放っている。

しっかりとした顎《あご》は全体的に四角い顔のラインを強調し、さほど高身長ではないものの胸板厚く、どっしり構えた佇まいは、いかにも射撃一筋でやってきた叩《たた》き上げの砲雷長といった感がある。

こんな副長が右腕として支えてくれるなら、艦長としては心強い。

山崎も暮林を頼りにしてきたのだろう。

二人の間には特別な絆《きずな》があるようだった。

「お世話になりました」

暮林の口からかすかに、低いうなりのような声が漏れた。

碧はあおぎり艦長として、副長である暮林の隣に立ち、山崎と正対した。

今まで山崎と握手は交わしたが、挙手の敬礼を交わすのはこれが初めてである。

たがいに制帽の下で目線を合わせ、右手を上げる。

「またどこかでお会いしましょう」

口元は微笑《ほほえ》んでいたが、山崎の目は少しうるんで見えた。

「ええ、楽しみにしております」

何年か後、あおぎりでこんなこともあった、あんなこともあったと前艦長に報告する日が巡って来るのだろうか。

できることなら楽しい報告、思い出話を伝えたいものだ。

山崎は右手を下ろすと、ゆったりと舷梯を降りていった。

舷梯の下では、碧を迎えに来たときと同じ内火艇が山崎の乗艇を待って、艇身を上下に揺らしている。

山崎が外舷を跨いで艦長席に着くと、艇指揮の坂上がただちに発進の号笛を吹いた。

ピッ。

艇は一旦《いったん》あおぎりの艦首付近まで進み、そこからゆっくりと大きく回頭した。

速度をさらにゆるめて、今度は艦尾に向けて外舷に沿うように進んで来る。

艇がふたたび舷門の正横を過ぎたあたりで、副直士官が張りのある号令をかけた。

「帽ふれぇぇぇ！」

「帽ふれ」は旧海軍時代から続く伝統的な別れの挨拶《あいさつ》だ。

去る者と見送る者たちが、互いに帽子を高く掲げて振る。

舷側に並んだ乗組員たちが制帽を取って振ると、グレーの外舷に白い花が一斉にこぼれ咲いたようで、みごとだった。
内火艇の艦長席では山崎が立ち上がり、こちらに向かって悠々と制帽を振っている。
どんな表情を浮かべているのかは、遠くてよく分からない。
内火艇が上下に揺れるたび、山崎の掲げた制帽も揺れる。
まるで波間に咲いた一輪の花のようだった。
お疲れ様でした、山崎二佐。あおぎりはどうかお任せください。
自身も制帽を振りながら、碧は山崎の新しい門出を心から祝った。
春の日差しに、海面がきらきらと輝く。
山崎を乗せた内火艇は艦尾を過ぎ、やがて小さく見えなくなった。

3

艦長室に戻ると、ソファに掛かった掛け布の白さが目に痛かった。
つい先ほどまで、山崎と向き合って座っていたのが嘘のようだ。
碧は奥のソファに浅く腰かけて目を瞑《つむ》った。
山崎が内火艇の中から振っていた白い制帽の残像が瞼の裏側で点滅する。

もう今ごろは、陸上事務室にいる隊司令の堀田栄治《ほったえいじ》一佐に離任挨拶を済ませただろう。

午後からの出港および慣熟訓練には隊司令も、あおぎりに乗艦する。

できれば乗艦前に、こちらから着任挨拶に伺っておきたいところだが、はたしてそんな時間が取れるだろうか。いろいろ考えると心が忙《せわ》しなく波立つ。

落ち着け。まずは落ち着け。

碧は深く息を吐いて、自身を戒めた。

すると、下から勢いよくラッタルを駆け上って来る足音が聞こえた。

「副直士官入ります！」

艦長室のドアは開けたままにしてある。

碧が目を開けると、初任三尉の副直士官が入り口で気を付けの姿勢で立っていた。

「艦長、士官室用意よろしい！」

これから士官室で幹部総員の挨拶がある。その用意ができたと告げに来たのだ。

「了解」

碧は、一呼吸おいてソファから立ち上がった。

あおぎり士官室は艦長室と同じく前部にあり、艦長室より一階分下の甲板に位置する。

士官室前の通路には青い絨毯が敷かれ、士官室の中も同色の絨毯が敷き詰められている。

深海を思わせる深い青で、そういえば艦長室の絨毯も青だった。

むらゆきは赤絨毯だったが、こちらはあおぎりだけに青で統一しているのか。

なるほど、と碧は思った。

ドアの上には「あおぎり士官室」と筆文字で書かれた木目調のプレートが掛けられ、その横には小さな艦内神社が祀《まつ》ってある。

青い絨毯に白いテーブルクロス、椅子《いす》カバーがよく映えており、さながら沖に立つ白波を思わせる。

碧は深く息を吸って、士官室に足を踏み入れた。

副直士官にうながされて、長テーブルの中央の席の前に立つ。

見渡せば一二畳ほどのスペースに、長テーブルが一つと、その半分ほどの長さの楕《だ》円《えん》型のテーブルが二つ。

長テーブルのほうには一人掛けの椅子が並んでいるが、楕円型テーブルのほうは、ソファタイプの椅子がセットになっており、三、四名ほどが並んで座るようになっている。

どのテーブルの上もきれいに片付けられている。

物一つ置かれていない白いテーブルに正対して待っていると、ほどなくして副長以下五名の幹部が足並みを揃《そろ》え、並んで入室してきた。

五名の幹部は先頭の副長に合わせて行進し、副長が止まると一斉に足を留めた。号令なく「左向け左」の動作で一斉に碧に正対し、また一斉に一〇度の敬礼をする。

幹部は幹部に対して号令をかけないのが伝統なので、先任に合わせてすべての動作を「令なく」行なうのだ。

挨拶はまず、先任である副長から始まった。挨拶といっても、自身の役職、階級・氏名を申告するだけで、自己紹介などは一切ない。

列の先頭、すなわち長テーブルの一番奥に立った副長は、わざわざ斜めに向き直って中央の碧に正対した。

「副長兼砲雷長、三等海佐・暮林省一郎《くればやししょういちろう》！」

低く、重みのある声が士官室に響きわたった。

舷側に立っていたときは制帽で覆われていて分からなかったが、白髪の混じった五分刈りの頭は、濃く張り出した眉をより強調させている。

さながら猛禽類《もうきん》を思わせる鋭い目が碧の目線とかち合った。

長年の艦艇勤務における荒波を乗り越えてきた筋金入りの海の男の顔だ。四角く張った顎のラインには、一筋縄ではいかない頑固ささえうかがわれる。

艦艇乗組の経験でいえば、碧は暮林には到底かなわない。

艦長として暮林のような副長をどのように使いこなすか。碧の器量が試されるところだ。

暮林副長の申告が終わると、続いて隣に立っている幹部が碧に正対する。

「機関長、一等海尉・本間《ほんま》彰将《あきまさ》！」

前任の女性機関長に代わって着任したばかりと聞いている。

三〇代後半くらいだろうか。色白で痩《や》せ型。銀縁のメガネをかけており、なんとなく神経質そうなイメージを受けた。

次の幹部は列の中央で碧の正面に立っているため、わざわざ正対するまでもなくいきなり挨拶を始めた。

「飛行長、一等海尉・広瀬《ひろせ》直彦《なおひこ》！」

日本人にしては彫の深い顔立ちが印象的で、いかにも腕のいいパイロットといった感じの飛行長である。身長はさほど高くないが、がっしりとした肩幅で、なにより見た目が若い。二〇代といっても通りそうだが、三〇代半ばと聞いている。まもなく異動が決まっており、その後任としてやって来るのが、初の女性飛行長となる晴山三佐だ。

「船務長、一等海尉・稲森元《いなもりはじめ》！」

広瀬飛行長の申告が終わるやいなや、はりきった大声をあげたのは隣の船務長だった。

戦闘配置になるとCIC（戦闘指揮所）に閉じこもって作戦《オペレーション》の指揮にあたる船務長はとかく色白で線が細いイメージがあるが、稲森船務長はそのイメージをことごとく裏切る容姿をしていた。

浅黒い肌に小太りな体軀《たいく》。いかにもメタボリックシンドローム予備軍といった感じだが、表情は溌溂《はつらつ》としている。

まだ三〇代半ば。科長としての貫禄《かんろく》もそこそこ備わりだしたころだ。

丸顔で愛嬌《あいきょう》のある目鼻立ちが、どこか憎めない感じがした。

次は呉駅に出迎えにきた補給長の佐々木弘人《ひろと》一尉である。

こちらも色白だが本間と比べるとそれほどでもない。逆に、意外に筋肉質でがっしりとした体軀が際立《きわだ》っていた。

すでに一度顔を合わせているというだけで、他人の家で自身の身内に会ったような親近感がある。しかし、トレードマークの黒縁メガネの奥の目には、この瞬間にもなにかをしきりに計算しているような如才なさが光っていた。

挨拶を終えた第一陣が後ろに下がると、今度は整備長の藤堂誠《とうどうまこと》一尉以下五名が入室して名乗りを上げる。

最後に第三陣として入室してきたのは、通信士の遠藤孝太郎《えんどうこうたろう》二尉を先頭にした士《さむらい》配置と呼ばれる若手の幹部三名と古参の准尉《じゅんい》の四名だった。

遠藤通信士は部内出身だけあって細身ながら貫禄があり、これなら士配置の先任として士たちを束ねていけるだろうという安心感があった。

切れ長の目は独特の賢さを感じさせる。

堂々と安定した遠藤の挨拶の後、砲術士の坂上が碧に正対した。

「砲術士、三等海尉・坂上光輝！」

いかにも「精一杯頑張っています」といった印象は、教育隊桟橋で会ったときから変わらない。

一見、とても退職を希望しているようには見えないのだが……。やはり爆弾は爆弾だ。

碧は坂上砲術士から、危うさのようなものを感じ取っていた。

くぐもりがちな発声は仕方ないとして、決定的にどこが悪いというわけでもない。黒のダブルの制服はスラリとした長身に映えており、細面の品のいい顔立ちは教養の高さを感じさせる。

しかし、この硬さとぎこちなさはどうにかならないものだろうか。

坂上の今後の取り扱いについて思いを馳《は》せていると、いきなり堂々として威勢のいい声が響きわたった。

「船務士、三等海尉・大久保《おおくぼ》春翔《はると》！」

今日の副直士官の初任三尉だった。

しっかりした鼻梁《びりょう》に力のある一重瞼の目。

敬礼の動作の一つ一つにもキレがあって、自身の見せ場を心得ている。

この挨拶だけで大久保がすべてをさらって持っていった気がした。

隣に並んだ青白い坂上より頭一つ分ほども小さいのに、発する気迫は明らかに大久保のほうが大きい。

坂上がお内裏《だいり》様なら、大久保はさながら若武者といったところだろうか。

トリを飾るような挨拶の後、掌《しょう》水雷士の三宅信義《みやけのぶよし》准尉が「俺を忘れてくれるな」とばかりに最後に碧に正対した。

以上幹部一三名の挨拶が終わり、最後に三列に並んだ幹部たちは一斉に敬礼した。

入室してきたときと反対に、今度は士《さむらい》たちの列から順に退室していく。

総員が退室した後は、まるで波が引いたように静かになった。

長テーブルの上座の壁に掲げられた黒々と達筆な筆書きの文字が目に飛び込んでくる。「精強」を謳《うた》う海上幕僚長と「挑戦」を掲げる隊司令の方針だった。

見入っていると、カチリと艦内マイクのスイッチの入る音がした。

「分隊点検五分前！」

サイドパイプの音色の後に、当直海士の緊張した声がマイクを伝う。

碧は襟元を正し、一人軽く咳払《せきばら》いをした。

第三章 訓示

I

護衛艦の乗組員たちには、一人一人専門の所掌配置（持ち場）と艦内生活における受け持ちや居住区（部屋）がある。

たとえば射撃員であれば対空射撃実施時には主砲、魚雷員であれば対潜戦闘時には水上発射管、といった具合に各自決められた配置につく。

こうした配置ごとのグループ分けが「科」の編制であり、戦闘行動等を遂行するためのものとなっている。

先の例でいえば、射撃員や魚雷員たちは砲雷科に属する。文字通り、火砲の「砲」と水雷の「雷」が合わさった科というわけだ。

一方、艦内生活におけるグループ分けは「分隊」の編制となる。これは分隊員の人事、身上把握のためのものであり、風紀や規律維持といった内務遂行に関わる。この分隊編制により甲板掃除などの受け持ち区画や居住区などが割り当てられている。

あおぎりでも一般的な護衛艦の艦内編制が成されており、第一分隊は攻撃系の武器を所掌する砲雷科の科員たちで構成されている。同様に、第二分隊は船務科、航海科。第三分隊は機関科。第四分隊は補給科、衛生科。第五分隊は飛行科の科員たちから成る。

艦長交代にともなう分隊点検では、あおぎりの第一から第五分隊までの分隊員総員が分隊ごとに整列して、指揮官であり点検官である新艦長の点検を受ける。

点検の内容は隊員の教育訓練状況、服装容儀、態度、健康状態などだが、新艦長とあおぎり乗組員総員の初顔合わせという意味合いもある。

点検される側も緊張を強いられるだろうが、点検する側の碧も艦長としての威容を示す最初の場面として気は抜けない。

定刻となり、呼びに来た副直士官に続いて上甲板に出ると、碧は深く息を吸いこんだ。

艦内の暗さに慣れた目に外の明るさがまぶしい。

慣れるまで蒼《あお》く霞《かすみ》がかったような視界の中、前から急に一人の小柄な人影がスッと飛び込んできた。

「海曹長・後藤清國《ごとうきよくに》！　先導しますッ」

碧とほぼ同じくらいの背丈だが、割れるような発声と全身に鋼《はがね》が仕込まれているかのような力強い敬礼に、碧は思わず気圧《けお》された。

分隊点検を先導する先任伍長《ごちょう》の登場だった。

先任伍長とは第二の士官室とも呼ばれる先任海曹室《CPO》（各パートの中で先任《トップ》の海曹たちで構成される）の中の長である。

誰でもそう簡単になれるものではない。艦艇乗組員として豊富な経験知識、技量、人格をあわせ持った、第二の艦長といっていいほどの実力者でなければならない。

後藤曹長はさすが先任伍長を務めるだけあって、ずっと艦艇一筋。何十年も艦で飯を食ってきた男の貫禄《かんろく》が、小柄な体軀《たいく》を一回りも二回りも大きく見せていた。

昨日、前艦長の山崎から渡された経歴簿によれば年齢は五一歳で特技は射撃。

どこかとっぽい感じのする顔立ちは、なかなかどうして一癖ありそうだ。

目深《まぶか》にかぶった制帽の下には、すべてを見透かしているような、揺るぎない眼差《まなざ》しがある。肚《はら》の内をさぐるつもりが逆にさぐられ、値踏みまでされそうで気は抜けない。

しかし、あおぎりの指揮を執るうえで先任伍長の協力は欠かせない。どんな優秀な艦長といえども、先任伍長と先任海曹室を敵に回しては艦の差配など、とうてい無理な話である。

この先任伍長とうまくやっていかなくては……。

剣を交える前の間合いの取り合い、先の取り合いのようなやり取りが一瞬なされたかに思えた。

しかし、確たる手ごたえを覚えぬうちに、後藤曹長はクルリと回れ右をして先導を始めた。

「ぶんたーい点検！」

独特の号令をかけ、後藤曹長が前甲板のほうへ歩き出す。

後ろ姿にも、しっかりとした体幹と重心の低さがうかがわれる。

武道家に違いない。体軸と頭の位置が少しもブレない。

碧自身も空手道有段者のため、後藤曹長の後ろ姿にはなにかピンと来るものがあった。

こういう歩き方をする人は、だいたい強い。

碧が後藤曹長に続くと、副長の暮林が碧の後ろについてきた。

「かしーらー(頭)、右！　警衛隊！」

分隊点検の最初は、艦の規律を維持する目的で編成された警衛隊だった。警衛士官である水雷長の座間龍之介《ざまりゅうのすけ》二尉《い》の号令で、以下八名の警衛隊員が一斉に碧のほうへ頭をふり向ける「頭右《かしらみぎ》」の敬礼をする。

胸板厚く、筋肉質でがっしりとした体軀の座間水雷長は、いかにも警衛士官にふさわしく、号令にも威容が感じられた。

発達した筋肉で制服がはちきれそうに盛り上がって見える。

まだ二六、七歳くらいだろうか。ふっくらとした頰は、号令の厳《いか》めしさと裏腹な初々《ういうい》しさをも感じさせた。

座間水雷長による「直れ！」で、顔の向きを正面に戻した警衛隊員たちは、海曹一名、海士七名から構成され、おおむね身長一七〇センチ程度の者が各分隊から選出されている。

皆、制服の上から腰に白い弾帯を締め、足元に白い脚絆《きゃはん》を巻いた「甲武装」と呼ばれる出《い》で立ち。右手で小銃の銃口下部を支え、銃床を上甲板に着けた「立て銃《づっ》」にして不動の姿勢を取っている。

海上自衛隊の部隊では「幹部は拳銃《けんじゅう》、海曹士は小銃」と決まっているため、警衛士官の座間水雷長だけが腰から拳銃を下げ、碧を先導する。

さすが艦の規律を維持するだけあって、精強さを全身に漂わせた海曹士ぞろいである。

身長が揃《そろ》っているためおのずと弾帯の位置も揃い、横に並ぶと白く長い直線が一本走っているかのように見える。

碧が感心してうなずくと、後ろから暮林副長の得意げな咳払《せきばら》いが聞こえた。

警衛隊に続くのは第一分隊の列で、ここから先は弾帯と脚絆の装着はなく、小銃の携行もない。

第一分隊長も兼ねている座間水雷長は警衛士官の甲武装のまま、分隊員たちに号令をかけた。

「かしーらー、右!」

四〇名を超える第一分隊の列は前甲板にあるアスロックの箱型ランチャーあたりまで続いている。

「第一分隊砲雷科! 直れ!」

火砲や魚雷などの武器の所掌に加え、あらゆる甲板作業に携わる第一分隊砲雷科は大所帯で、とかく気性の荒い乗組員たちが集まっている。

分隊長である座間水雷長の下で、坂上砲術士が分隊士を務めている。

艦艇勤務の花形分隊といわれるだけあって、前甲板の錨《いかり》作業をはじめ活躍が目に付きやすい分隊でもある反面、内火艇の揚げ降ろし、弾薬搭載など所掌作業の大半が危険と隣り合わせのため、乗組員同士でピリピリとした激しいやり取りも多い。

おのずと気性も荒くなり、潮気の強い分隊となるのもうなずける。

座間水雷長による、職務精励などの賞詞を受賞した分隊員の紹介を聞きながら歩いているうち、列の後尾に紅一点で並んでいるWAVEに目がいった。

階級は士長で、ほぼ刈り上げのショートカットにユニセックスなフレームの眼鏡をかけている。

まだ二〇歳《はたち》そこそこだろう。

体育会系でボーイッシュなイメージだが、男性隊員と並ぶと一回り小さく華奢《きゃしゃ》に見える。

剝《む》きたての桃のような頰を紅潮させ、やたらと早いまばたきをくり返している。

名札に目を走らすと「井戸田《いとだ》」とある。もやい作業などを担当する運用員のようだ。

「井戸田士長、配置は？」

「はいッ！ 前部員です！」

碧の質問に、間髪入れずハキハキとした答えが返ってくる。容姿は中性的でも、声は年頃の女の子の声だ。

前部員と聞いて、碧はいささか驚いた。

前部員は出入港時の錨の揚げ降ろしを受け持つ。錨作業は一歩まちがえば怪我《けが》をして大事故につながる危険作業でもある。

今までの艦艇勤務で第一分隊のＷＡＶＥと何度か一緒に勤務した経験はあるが、前部員のＷＡＶＥは今回が初めてだった。

思わず「頑張って」と声をかけそうになったが、逆差別につながりかねないと思い直し、「わかった」とうなずくだけに留めた。

井戸田士長の前を通り過ぎると、次は第二分隊である。

「かしーらー、右！ 第二分隊船務科・航海科！」

第二分隊の分隊長である稲森《いなもり》船務長がはりきった声で号令をかける。座間水雷長とは別の理由で、稲森船務長の制服もはちきれそうだ。

まだ三〇代半ばにしてこの体型では、将来が思いやられる。機会があれば、士官室での食事中にそれとなく注意してやろう。

列外には渡辺渉《わたなべわたる》航海長と遠藤通信士、分隊士の大久保船務士が並んで立っている。

渡辺航海長は部内出身の四〇代半ばの幹部で制服よりも漁師の恰好《かっこう》のほうが似合いそうなタイプ。小柄で若手の大久保船務士と並ぶと、まるで親子のように見えなくもない。

第二分隊を構成するのは、ＣＩＣ（戦闘指揮所）を所掌し戦術《タクティクス》を司《つかさど》る船務科と艦橋や旗甲板を所掌し航海《ナビゲーション》を司る航海科である。

こちらも四〇名を超える大所帯で、第二分隊の列は主砲の前を回り、反対舷《げん》まで続いていた。

艦の頭脳とも呼ばれ、電子機器に囲まれたＣＩＣで情報収集や解析にあたる船務科の乗組員たちは皆、賢そうな顔つきをしている。

腕っぷしが強く、潮気も強い砲雷科の乗組員たちとはまた印象が違う。

船務科と砲雷科が両極なら、航海科はその中間だろうか。艦橋や旗甲板で常に風を浴びているだけに、戦闘指揮所にこもりがちな船務科より開けっ広げなイメージが強い。

また、砲雷科や機関科に比べて力作業が少ないという点では船務科も航海科も女性向きの職域といえるだろう。

第二分隊に整列中のWAVEは五名。同じ黒の制服を着て並んでいても、やはり女性が多いと華やかだ。WAVEたちの前を通るとどことなく甘い香りがした。

主砲の前を通って反対舷に回ると、今度は第三分隊である。

「かしーらー、右！　第三分隊機関科！」

新しく着任したばかりの分隊長である本間機関長は、痩《や》せぎすの身体《からだ》からは想像できないほどの厳めしい声で号令をかけた。

自らの号令のせいで、細い銀縁メガネの位置もずれそうな勢いだ。

列外に立っている分隊士の黛《まゆずみ》機関士と福永《ふくなが》応急長も、思わず姿勢を正す。

黛機関士のほうはまもなく定年を迎える年齢で、丸顔で肌つやもいい。これで袋でも担《かつ》がせたら布袋《ほてい》像にそっくりだが、福永応急長は面長で、どこか険のある顔つきだった。

二人とも「予定者」と呼ばれる幹部予定者課程出身。すでに准海尉あるいは海曹長として部隊で活躍している隊員から選抜され、幹部候補生学校に入校する課程だけに、「予定者」は皆ベテランばかりである。

そろって恰幅《かっぷく》のいい体型なので、二人に挟まれると本間機関長がますます貧相に見えて気の毒である。

第三分隊は、第一、第二分隊と比べると、やや少ない三十数名ほどだった。あおぎりの動力を支える四基のガスタービンエンジンを所掌する機関科から構成され、まさに縁の下の力持ちといった存在である。

持ち場である操縦室兼応急指揮所や機械室が下方のフロアにあることから、どうしても存在や活躍が目立ちづらいが、機関科員なくしてあおぎりは動かない。また、火災時や船体に損傷を受けた時など、身体を張って復旧にあたるのも機関科に属する応急員たちである。

ふだんから活躍が目立ち、気質も荒々しい第一分隊に比べると、どうしても地味な印象は否《いな》めないが、第三分隊はおしなべて機械《メカニック》に強いエンジニア揃いで、独自の世界を持った隊員が多い。

あおぎりでは、偶然にもメガネをかけた者が多く集まっており、そのせいか、どこかマニアックな印象が強かった。

どの顔も「メカいじりなら任せてくれ」といわんばかりである。

しかし、列の後尾に並んだＷＡＶＥ二人はどちらもメガネをかけておらず、これで制服を着ていなければ、とても自衛官には見えない今風の若い女の子だった。

一人はギリギリ後ろで結べる程度の髪の長さで、後れ毛をたくさんのヘアピンで留めている。ノーメイクでいかにも外見にかまわないタイプに見えた。

もう一人はショートボブの髪を黒にちかいアッシュ系の色に染め、控えめながらもきちんとアイメイクを施している。

階級はどちらも士長だが、ノーメイクのほうが二〇歳くらいだとすると、アッシュ系の士長のほうはどう見ても二〇代後半に見える。

自衛官の採用年齢が引き上げられたことも相まってか、最近では四年制大学出身の海士長も珍しくない。

海曹以上とちがって海士は任期制のため、きっぱり「期間工」と割り切って任期満了後はあっさり転職していく者も多い。

もちろん、海曹に昇任して定年まで勤め上げる道もあるが、そのためには難関の三曹昇任試験をパスしなければならない。

アッシュ系の士長がどのような人生設計のもとに海上自衛隊に入隊したのか知らないが、女性としても海士長としても重要な人生の岐路に立っているのではないかと思われた。

碧が二人の士長の前まで来ると、両名の表情に緊張が走るのが見て取れた。

多少年齢差があるとはいえ、二人ともまだ二〇代の女の子である。遊びたいだろうし、おしゃれもしたいだろう。

この子たちからすると、今の私はどう映って見えるんだろう?

個艦の艦長など、まだ遠い存在でしかなかった初任三尉のころを碧はふと思い出しながら通り過ぎた。

「かしーらー、右! 第四分隊補給科・衛生科!」

中部甲板あたりからは佐々木補給長が分隊長を務める第四分隊の列で、人数は一気に二十数名ほどに減った。

補給科は、あおぎり乗組員総員を食事や給与の面で支えている。経理、庶務、人事・俸給管理、文書の受け渡しなどの業務一切を請け負い、食料品の補給や調理までこなす。

どの艦《ふね》でも、航海中の乗組員たちの楽しみといえば食事。食事次第で乗組員たちの士気も変わってくるから、調理を取り仕切る調理員長(料理長)の手腕が艦の威容を支えているといっても過言ではない。

あおぎりの調理員長は四〇代半ばくらいで眼光鋭く、射撃員と名乗っても違和感のないほど強面《こわもて》の二曹だった。

山崎前艦長からの申し継ぎの際、呉の老舗《しにせ》レストランである「リストランテ呉」から「あおぎりカレー」の再認定が予定されている件を思い出した。

「調理員長、あおぎりカレーの味はどうか?」

碧の試問に、調理員長の北永《きたなが》二曹は一瞬、不意打ちをくらったような表情を浮かべた。

まさか自身が艦長に試問されるとは思っていなかったのだろう。

しかし、すぐに元の強面に戻り、「はいッ! 本艦のカレーは随一。他艦の追随を許さぬものと自負しております!」と、肚の据わった太い声が返ってきた。

「それは楽しみ」

碧が返すと、員長以下数名の調理員たちの顔に誇らしげな表情が浮かんだ。

合格、と碧は肚の中でひとりごちた。

調理員たちの士気が高く、艦の食事が乗組員たちの胃袋をつかんでいるようなら、艦全体の士気も同じく高い。

今の調理員たちの反応を見るかぎり、あおぎりの士気は上々だろう。

こうした最初の感触は滅多に外れない。碧が今までの艦艇勤務から得た勘だった。

調理員を含む補給科の列の後に続くのは衛生科。

衛生科は、主に医療面担当である。あおぎりでは、看護長の二曹と衛生員の士長数名だけで任に当たっているようで、これは前任艦のむらゆきでも同じだった。

補給科も衛生科も、一見、戦闘配置とは無関係に思えるが、一たび戦闘部署が発動されればそれぞれの戦闘配置につく。

佐々木補給長も防火防水部署発動時には防御指揮官として艦橋に立つ。

陸上部隊の経理課勤務が長く、定年間際《まぎわ》に艦に着任するケースだと、防御指揮に苦労する補給長もいるが、佐々木補給長ならまず問題なさそうだ。

佐々木補給長による第四分隊の先導が終わると、次は後部甲板に並ぶ第五分隊である。

分隊長は整備長の藤堂誠一尉。まだ三〇代前半だが、部内出身で航空機整備のベテランである。

「かしーらー、右！　第五分隊飛行科！　直れ！」

十数名の飛行科員が、右にふり向けた顔を一斉に正面に戻す。

飛行科の主な任務は、搭載するヘリの運用と機体整備だ。

ヘリの発着艦や運用には、どうしても操縦する側のパイロットの視点が必要で、しかし、飛行科の科長である飛行長には経験豊富なヘリのパイロットが起用される。

飛行長は分隊長ではないので、分隊点検の際は列外に控えて立っている。ヘリの運用を任され、艦の運用にも大きく関わる飛行長が副長を兼任する艦は多い。

砲雷長が副長を兼任しているあおぎりは珍しい部類といっていいかもしれない。

分隊点検のはじめから、ずっと後をついてくる暮林副長のどっしりとした足音を聞きながら、碧はふと視線を上げた。

第五分隊員が整列している後部甲板より一段上の01《ぜろいち》甲板が見える。

あれがあおぎりの飛行甲板……。

目が吸い寄せられ、後ろから響く暮林副長の足音がスーッと遠のく。

ＳＨ－60Ｋの白い機体が着艦するさまを想像し、碧は小さな胸の高鳴りを覚えた。

ああ、ここは艦上の〝航空部隊〟なんだな。

同じあおぎり乗組でありながら第五分隊だけ他分隊と空気が違うのもうなずける。

碧は初めて扱う第五分隊の乗組員たち十数名の前を、やや緊張して通り過ぎた。

2

「艦内点検用意！　点検番配置につけ！」

分隊点検が終わって一息つく間もなく、次の艦内点検の予令が入った。

碧は士官室で白手袋を嵌め直し、軽く深呼吸をした。

どの艦でも新しい艦長を迎えるにあたっては、甲板掃除や艦内整備を徹底して点検に備える。

おそらくあおぎりでも、甲板士官や甲板海曹が音頭を取って、艦内をピカピカに磨きあげてきたことだろう。

艦内点検の目的は主に艦内の整備状況、諸室の整理整頓《せいとん》状況を見ることにあるが、そんな点検用に準備万端整えた状態を見ても、新たな発見はない。

碧の観点は、点検の本来の目的とはまた別のところにあった。

艦内状況を一通り確認したうえで、今度は〝人〟を見たい。

ただ〝気を付け〟をして並んでいるだけの分隊点検と違って、艦内点検番はもちろん、点検番に当たっていない者も、それぞれの配置についている。

このとき、誰がどんな動きをするか。そこから、おのずと漂ってくる空気、感触。

そんな目に見えないところからも、艦内の覇気が推し量れたりするものだ。

定刻になり、碧は士官室を出た。

待ち構えていた後藤先任伍長がまた割れんばかりの発声で名乗りを挙げる。

「海曹長・後藤清國！　先導します！」

相変わらずとっぽい顔つきで、肚の底でなにを思っているかうかがい知れない。

カチリと音がするほど目は合っているのに、後藤先任伍長の目は碧の目を見ていなかった。

そういえば昔、似たような瞬間があったな。

碧が思い出したのは、まだ学生だったころ、空手の地区大会の組手で対戦した相手だった。

今となっては名前も思い出せない選手だが、あの目だけはよく覚えている。

目を合わせていながら、どこか遠いところを見ている目。

組手の立ち合いは、向き合った瞬間、目線だけでどれだけ相手を制圧できるかが勝負ともいえる。その大事な瞬間に、あの選手は碧の目を見ていなかった。

あの人はいったいどこを見ていたのか。いや、なにを見ていたのか。

結局、私はあの試合に勝てたのだっけ?

記憶をたぐりよせると、居心地の悪い思いばかりがよみがえってくる。

負けた記憶はないが、勝てた気もしない。

碧は後藤先任伍長の目の中に、古い記憶の答えを見出そうとした。

その瞬間、後藤先任伍長はクルリと回れ右をした。

「てんけーん!」

語尾を長く伸ばした、独特のかけ声が士官室前の通路いっぱいに響く。

また、かわされたか。

べつに後藤先任伍長と組手の立ち合いをしているわけでもないのだが……。

どうにも消化できない思いをふり切るように、碧は後藤先任伍長に続いて一歩を踏み出した。

碧の後には、暮林副長を筆頭に各科の長がズラリと続き、さらにその後に甲板士官と甲板海曹が続く。

ものものしい行列は士官室前の通路から梯子《ラッタル》を降り、一フロア下の第二甲板に出た。

第一甲板と第二甲板をつなぐ梯子の上には上下に開閉する重たいハッチがある。艦内非常閉鎖が下令されないかぎり、ふだんは開け放たれたままにされているハッチだが、通過する際、金属研磨液ピカールのツンとした匂《にお》いが鼻をついた。

細かく目を走らせると、梯子の手すりやハッチの取手にいたるまで、金属部分は隙なくピカピカに磨き上げられている。

掃除も行き届いているし、上々だ。

甲板掃除全般を取り仕切っている甲板士官の手腕が冴《さ》えているのか、はたまた、下についている甲板海曹が優秀なのか。

碧は列の後ろのほうに連なっている甲板士官の坂上砲術士の頼りなさげな風貌《ふうぼう》を思い浮べた。

退職を希望しているとはいえ、やるべきことはやっているわけか……。

ハッチから後部に向けて少し進んだところで、後藤先任伍長がまた大声で「てんけーん！」と叫んだ。

その先には、あおぎりの頭脳ともいえるCICのドアがある。

後藤先任伍長の呼びかけを受け、ドアの前に立った点検番の電測員が「戦闘指揮所！」と大声で申告する。

碧は静かに答礼して、あおぎりの頭脳の中に足を踏み入れた。

CICは、艦橋構造物の下、船体のほぼ中央に位置する。

航海中のCICは、電子機器のモニターの文字を見やすくするため、わざわざ照明を落として暗室のように暗くしている。

しかし、今日は点検にそなえて照明をつけているため、一瞬、別室に足を踏み入れたかのような気がした。

CICの区画は広く、二〇畳ほどはあるだろうか。

関係者以外は立ち入り厳禁の防衛機密区画で、戦闘に関するあらゆる情報を集め、それぞれの情報を収集、整理、解析するのが任務である。

壁面に沿って、CDSコンソール（戦闘指揮装置制御盤）のモニターがズラリとならび、目標追尾用のコンソールの脇《わき》にはそれぞれ担当の科員がついている。

今日は点検なので立っているが、オペレーション中は基本的に一台のコンソールに一人がつき、モニターを睨《にら》みながら座ってコンソールを操作する。

中央には大きな海図台があり、その横には電測艦位測定に使用するPPIスコープ（平面位置表示器）がある。ここで当直の電測員たちが電測艦位（自艦の位置）を測定し、海図に書き込んでいく。

一見すると、電子機器の並んだ研究室のような様相ではあるが、戦闘部署発動となれば、ここでやり取りされる号令詞《ごうれいし》はすべて実戦を伴う。

目標の探知から始まり、追尾、識別、さらに攻撃にいたっては、主砲やミサイルの射撃管制までこの区画で行なう。

いずれも、最初の「戦闘用意」「攻撃始め」の命令は艦長である碧が下す。

壁面に並んだコンソール群の前を通過し、PPIスコープの前にくると、担当のWAVEの電測員が緊張した面持ちで立っていた。

このＰＰＩスコープはマストにある水上レーダーの反射画面を表示する指示器で、ちょうどＷＡＶＥの電測員の腰あたりまでの高さがある。

すでに水上レーダーが回っており、スコープの丸いブラウン管画面には、Ｆバースを取り巻く地形が薄緑に映っていた。

「機器の異状は？」

ＷＡＶＥの電測員に聞いたつもりだったが、答えは別のところから返ってきた。

「機器は問題ありません」

後ろに控えていた電測員長の野庭泰之《のにわやすゆき》一曹だった。

見たところ四〇代半ば。碧と同世代だろう。

短い受け答えながら、大声でつけつけとした物言いである。

気を付けをしていても元々の猫背は隠せず、前のめりに突き出た顎《あご》は、隙《すき》あらば何か一言文句を言いたいといった風情《ふぜい》だ。

色付きレンズの入った眼鏡をかけているせいか、どこかガラッパチで威圧感のある海曹である。

そもそも「問題ありません」「異状ありません」で済むところを、わざわざ「機器は」と断るとは、機器以外のところには問題があると言わんばかりだ。

スコープの脇に立っているWAVEの電測員は下を向いたまま黙っている。

碧は後ろに続いている稲森船務長をふり返った。

とくに電測員長の態度に気を留めた様子もない。人の好《よ》さそうな丸顔に点検用の厳粛な表情を浮かべているだけである。

そうこうしているうちに先導の後藤先任伍長はCICを出て次の点検箇所へと進んでいく。

碧は向きなおって、ふたたび後に続いた。

3

午後の出港に備えてあおぎりはすでに機関科試運転を済ませ、いつでも航進を起こせる状態で待機していた。

碧が歩いている第二甲板からも、主機《もとき》やボイラーの振動が足元を通じて伝わってくる。

ああ、出港前の、この雰囲気。久しぶりだなあ。

碧は懐《なつ》かしい武者震いのような艦の振動を全身で味わっていた。

すぐにでも艦橋に上がって、出港の指揮を執りたいところだ。

しかし今、碧が向かっているのは艦橋とは逆方向の後部に位置する機関科操縦室だった。

護衛艦内の塗装は外舷への開口部を除き、だいたい白や薄いグリーン、クリーム色といった明度の高い色が用いられている。

基本的に採光部のない造りなので、限られた艦内照明で明るさを保つためだ。

あおぎりも例に漏れず、後部に続く艦内第二甲板通路の壁は白く塗装され、床もクリーム色のタイル張りだった。

天井を這《は》う配管も白く塗られており、点検用に塗り直したような箇所も散見されたが、オーバーペイントは見当たらなかった。

機関科操縦室は応急指揮所を兼ねており、機械室の制御からダメージコントロール（艦内応急）の指揮まで行なう機関科の要所である。

よって、このあたりには応急工作に使う角材や消火用の海水ホース、酸素マスクといった応急機材が通路の壁面にパズルのように嵌《は》め込まれて用意されている。

防火・防水部署発動時に即応できるよう、角材には用途に合わせて手書きで番号が振られ、ホース類はきちんと巻いて所定のラックに収めてある。

機材のすべてが壁面に収まり、一つも通路にはみ出していないのはさすがだった。

碧は感心してうなずきながら、歩を進めた。

操縦室入り口が見えてくると、

「てんけーん」

先導の後藤先任伍長が声を張り上げた。

点検番の海曹が姿勢を正して申告する。

「操縦室兼応急指揮所！」

入り口を入ってまず目を引いたのは、四基のガスタービンエンジンを制御監視するコントロールパネルだった。

一五畳ほどスペースのある操縦室のほぼ壁一面に、計器類や操作ボタンが整然と並んでいる。監視席の前には黒い手動のレバーがついている。

この席でエンジン出力の加減から推進器の可変ピッチプロペラのピッチの変換まで行ない、機械の異状もパネルで監視できるようになっているのだ。

前任艦のむらゆきもガスタービンエンジンを四基搭載していたが、巡航用二基と高速運転用二基を切り替えて稼働《かどう》するCOGOG（Combined Gas turbine or Gas turbine）方式だった。

あおぎりは巡航用と高速運転用とで使い分けをせず、巡航では二基のガスタービンエンジンだけを用い、高速運転時は四基のガスタービンエンジンすべてを稼働するCOGAG（Combined Gas turbine and Gas turbine）方式を採用していた。

一概にどちらがよいともいえないが、艦橋から大幅な速力変換のオーダーが頻繁に入ると、その都度機関科に負担がかかる。それはどの艦でも同じだ。

「最近のエンジントラブルは？」

「はいッ！　ありません！」

着任したばかりの本間機関長に代わって黛機関士が碧の質問に答え、続いてパネルの説明に入った。

艦橋での操艦に気を取られていると、つい機関科の存在を忘れがちになる。あまりに無謀なオーダーに、機関長が直接艦橋へ怒鳴り込んできたという、他艦の過去の例を思い出し、気を付けなくてはと碧は思った。

コントロールパネルについての説明が終わると、次は配電盤だった。

あおぎりの電力は二つの主発電機によってまかなわれており、電気系統は配電盤のパネルで監視制御できるようになっている。

最大出力は三〇〇〇キロワット。数字だけ見ると、ホテル五軒分ほどの電力をまかなえる計算になるが、そんな途方もない電力を常時必要としているわけではない。いざという時に備えて、普段から節電して燃料の節約に努めるのも重要な任務だ。

もちろん、節約に努めねばならないのは燃料だけではない。乗組員たちの生活を支える真水も大いに節約の対象となる。

艦内の真水タンクに搭載できる真水の量には限りがあるため、航海中は造水装置を起動して海水から真水を造る。それでも決して充分とはいえない。

調理用に使う真水はどうしても節水しづらい部分だけに、洗濯やシャワーといった個人の生活用水を切り詰めていくはこびとなる。

航海中でもシャワーは毎日許可されるが、許可時間は限られている。さすがに洗濯は毎日というわけにはいかず、こちらも許可日が設定される。

シャワーや洗濯の許可時間の設定調整、号令は甲板士官の役目だが、真水の管理を取り仕切っているのは応急長だ。

応急長は造水装置の起動時間、造られた水の量、保持しなければならない真水搭載量などを考慮したうえで使用してよい真水の量を算出し、必要とあれば真水管制をかける。

応急長の許可がなければ、甲板士官は「シャワーを許可する」「洗濯を許可する」

といった号令を入れることができない。

いわば真水の総元締めでもある応急長だが、主任務はあくまでダメージコントロールの指揮。

あおぎり応急長の福永総介《そうすけ》二尉は、超然とした面持ちでダメージコントロールパネルの前に立っていた。

階級は二尉でも幹部予定者課程出身だけあって、この道のベテランである。五〇歳そこそこだろうか。恰幅がよく、立ち姿にも貫禄があった。

ダメージコントロールパネルは主機《もとき》のコントロールパネル同様、見上げるほどの大きさのパネルだった。

上部にあおぎり船体の見取り図が描かれ、現在の艦内の諸弁諸コックの開閉状況、ポンプや送風機の運転状況などが一目で分かるように表示されている。

座礁《ざしょう》や衝突、または何らかの攻撃を受けて船体が破損したり、火災や生物化学兵器や放射線による艦内汚染が発生した場合、応急長はこのパネルを元にダメージコントロールの指揮を執る。

福永応急長は自らパネルの説明はせず、部下に説明させるスタイルを取っており、担当の応急員がパネルの説明をしている間、自身は表情一つ変えず、パネルをにらみ続けていた。

ときおり応急員が顔色をうかがうように視線を走らせるのだが、福永応急長は我関せずといった体《てい》である。

部下指導にもいろいろなタイプがあり、大きく分けて事細かに口やかましく指図するタイプとある程度主体性に任せながら見守るタイプとがある。福永応急長は、おそらく後者のタイプなのだろうと碧は感じた。

応急員は火災の際、OBAと呼ばれる防火服を身に付け、高速水霧を噴射するノズルを手に火災現場へ突入する。

指揮所から現場の指揮を執る応急長は、自ら先頭切って現場に突入するわけではない。刻々と状況が変化する現場と指揮所との間ではどうしてもタイムラグが発生する。訓練用の号令詞では、指揮官はいちいち「現場、状況を知らせ」と確認する流れになっているが、燃えさかる炎を前にしてノズル員がはたして的確な報告をできるかどうか。

報告できたとして、指揮所から下される判断と指示を待っている時間があるかどうか。

もしくは指揮所との連絡経路が断たれた場合、どうしても現場の判断にすべてをゆだねざるを得ない場面と直面する。

ここまでくると、最終的にはお互いがお互いをどこまで信じ切れるかというところにかかってくる。現場にすべてを任せられるか、任せられないか。指揮官に命を預けられるか預けられないか。

ここぞという局面ではたらく物事の原理はおそろしくシンプルなものなのだ。いつやってくるか分からない不測の事態に備えて、指揮官は常に到達すべきライン、方向性を部下に徹底しておかねばならない。口やかましく言うもよし。黙って見守るもよし。どれが正しいという正解はないまま、それでも任務の遂行に向けて、全艦意志を統一して艦をはしらせねばならない。最終責任は、あおぎり艦長である碧が負う。

応急員によるダメージコントロールパネルの説明が終わった。

碧は「了解」の代わりに深くうなずいた。

できれば訓練以外に福永応急長がここで指揮を執る場面が発生せずに済めばよいが。操縦室兼応急指揮所を出る際、ふたたびチラと目をやると、福永応急長はまだコントロールパネルをにらんでいた。

4

操縦室の隣接区画である科員食堂、烹炊所《ほうすいじょ》（調理場）では、すでに昼食の支度が始まっており、食欲をそそる肉じゃがの匂いが通路にも漏れ出していた。

本来なら点検の最中に調理作業を行なったりなどしない。しかし、今日は午後からの出港をひかえているため、異例の作業中点検となっていた。

異例といっても、戦闘訓練中でも食事用意のために「調理員引け。調理諸弁開け」の号令がかかる例はままある。

艦の食事はどこでも高カロリーに設定されており、不測の事態に直面して次の食事にありつけなかった場合でも、一食で当面はしのげるようになっている。基本的に「食べられるときに食べて有事に備える」という体制のため、食事の優先度は高いのだ。

「科員食堂！」

科員食堂の入り口で点検番の海曹が敬礼するそばから肉じゃがの匂いは猛威をふる

い、CICほどに広い食堂を席巻《せっけん》していた。

艦内は火気厳禁のため、調理場では火を使わず、蒸気の熱を使って調理をする。食堂の隣にある調理場は熱気にあふれ、調理中のにおいが食堂を通り越して通路を抜け、さらには上甲板にまで達する。

「今日の昼食は肉じゃが？」

碧が思わずたずねると、点検番は緊張した面持ちで昼食のメニューを暗唱した。

「はいッ！　主菜はローストチキン。副菜に肉じゃが、ホタテと小松菜のとうがらし炒《いた》め。汁物は、はるさめ入りかきたま汁。デザートはバナナとなっておりますッ！」

「なるほど。肉じゃがの行《ゆ》き足があってよろしい」

「行き足」は艦の航進の勢いを表す言葉だ。「行き足止まる！」とか「後進の行き足に変わった！」など、出入港時の報告要領によく使われる。

「肉じゃが、いい匂いだね」のつもりで言ってみたのだが、意外にも後ろに続くものものしい点検の列から小さな笑いが起こった。

その場の空気が和やかになる。

なにごともやりすぎは禁物だが、こうして空気を和ませつつ士気を高めていくのも大切なことだ。

碧は、掃除の行き届いた科員食堂に目を走らせた。青と白が基調の士官室とは対照的に、こちらの食堂の床は黄味の強いクリーム色のタイル張りである。

二〇畳強の縦長のスペースに、六人掛けの白い固定テーブルが八台。テーブルの上には透明なビニール素材のクロスが掛けられ、上に載せた食器類が滑らないように工夫されている。

椅子《いす》は、座部と背もたれの部分に臙脂《えんじ》色のビニール製クッションを用いた金属製のしっかりした造りのもので、こちらは固定式ではない。食事が済めば、脚の部分を上にしてテーブルの上に載せ、次の食事時にまた下ろして座るという効率重視のスタイルである。

士官室で食事をする幹部を除き、一六〇名ちかくの乗組員たちが、この科員食堂で食事を摂《と》る。

食事開始は「配食始め」の号令によるが、大勢の乗組員が一斉に食堂に集まるわけではない。

まずは直《ちょく》（航海当番・機関科当番）についていない手空《てあ》きの者から、それぞれの都合とタイミングで集まり、食べ終わった者は速やかに出て行く。後から来た者は空いた席に座り、そうやって次々とローテーションしていくので、混雑時のショッピングセンターのフードコートのような場所取りの必要はない。

食事の形式は、好きなものを好きなだけ取り分けていくビュッフェスタイルである。

調理場と食堂はカウンター越しにつながっており、調理場側からバットに盛られたおかず類や白米が出され、乗組員たちはそれらを食堂側から金属製のプレートの上によそっていく。

汁物などは深皿によそうが、それ以外は基本的にワンプレート式である。

お替りも自由で、同じプレートを持って何度も取りに行く者もいる。

もちろん、お茶類も用意される。

今日は点検用にテーブルごとにすべての椅子が下ろされた状態で並んでいた。

まだバットに並んでもいない肉じゃがの匂いに、下の機械室から上がってくる燃料の臭《にお》いが混じる。

碧が昔から不思議に感じていたのは、燃料と食べ物という双方相容《あいい》れないはずのにおいを一度に嗅《か》ぐと、気持ち悪くなるどころか、余計に食欲が刺激される点である。

懐かしい気分で、食事時の艦艇特有のにおいを味わいつつ、誰も席についていない食堂を後にした。

5

あおぎりは後部甲板から一段上がった01《ぜろいち》甲板が飛行甲板となっている。

先導の後藤先任伍長《ごちょう》の後に続き飛行甲板に出ると、急に視界が開けた。構造物に遮られることなく吹きつけてくる風は冷たく、おのずと身体に力が入る。

あおぎり飛行甲板はバスケットコート一面程度の広さで、外舷に沿うように点々と小さく丸い境界灯が埋め込まれていた。夜間にはこの境界灯が黄色く光って艦上と洋上の境目を示す重要な役割を果たす。

艦尾側に大きく艦番号の下二ケタ「59」が白くペイントされており、同じく白で甲板の中心線が引かれ、中心線からの角度を示す白線が扇形を描きながら放射状に引かれている。

あおぎりに着艦するヘリのパイロットはこの線を見ながら、着艦体勢を整えるのだ。

さらに中心線の線上には、ベアトラップ（着艦拘束装置）と呼ばれる約九〇センチ四方の枠が埋め込まれている。

大きな足枷《あしかせ》のようなこの装置は、名前のとおり熊《ベア》を捕獲するように甲板上でヘリを拘束する仕掛け《トラップ》である。

着艦の際、ヘリは機体下から出ているメインプローブ（突起）を直接このベアトラップに挿し込む。すると、ベアトラップがただちに閉じてプローブを挟み込み、甲板上にヘリが拘束されるというわけだ。

拘束されたヘリはそのままヘリ格納庫へと続く移送レールにセットされて格納庫に移送される。

点検の列は移送レールを横に見ながら、格納庫のほうへと歩を進めた。

やがて、列は格納庫前の右舷《みぎげん》にあるヘリの発着艦管制官が入るＬＳＯ（発着艦指揮所）の前まで来た。

ＬＳＯはまるで一人用の小型テント、あるいは小型ピラミッドのような形状で、指揮所というより小屋といった感がある。

今回の点検箇所に入っていないものの、航空機のキャノピーさながらに全面が透明の風防となっているため、中の様子がよく見える。

管制官が座る一人用の座席の前には、ヘリの着艦拘束装置のコントロールパネルがあり、ボタンやレバーがズラリと並んでいた。

だいたいどの艦も管制官は飛行長が務める。まもなく異動する広瀬飛行長が碧の下で航空機発着艦の指揮を執る機会はないかもしれないが、後日着任する女性飛行長は碧の在任中、ここで何度も発着艦指揮を執ることになるだろう。

洋上にいるかぎり、艦艇にとって動揺は避けられない。ヘリが着艦できるローリング（横揺れ）とピッチング（縦揺れ）の限界は数値上決まってはいるが、いざというときは着艦させる側の飛行長と着艦する側のヘリの機長両者の経験と技量がものを言う。瞬時の判断で着艦のタイミングをとらえ、飛行長と機長で呼吸を合わせてヘリを着艦させるのだ。

まさに妙技としか表現しようのない着艦例を、碧も何度か伝え聞いている。

発着艦の許可を出すのは艦長だが、発着艦の間、艦長は艦橋を動けない。飛行長と機長を信じてモニターから見守り、万が一の場合は即、艦を守る判断と命令を下さねばならない。

近い将来必ず訪れるあおぎりでのヘリ発着艦部署発動の場面を想像し、ゴクリと唾《つば》を呑《の》んだ。

「ヘリコプター格納庫！」

ＬＳＯの前を過ぎると、格納庫入り口に立った点検番の航空機整備員が申告する。

碧は点検番の後ろにそびえる巨大な倉庫を見上げた。

一般的な二階建て住宅なら一・五軒分くらい飲み込んでしまいそうだ。

入り口の上部中央には四角い着艦誘導灯が取り付けられ、同じく上部の両端にボックス型の作業灯が付いている。

着艦誘導灯は赤、緑、オレンジの三色のライトの点灯によりヘリを誘導し、その上に顔を出している二台の水平灯は、ホバリング中のヘリに艦の動揺を知らせる。ちょうど大工道具の水平器を大きくして段違いに備えたような構えだ。

中にはヘリコプター火災に備えて消火設備が施されているほか、整備に使う機材を収めた倉庫、ロッカー類がいくつかある。

床面は外舷色のグレーだが、天井や壁面は白くペイントされ、ダクトやその他の配管が張り巡らされている。壁面の中ほどの高さには、ところどころ扇風機が備え付けられていた。

余計なものは何一つ出ておらず、何もないからこそガランとした空間がより広く感じられる。

碧はここに移送され、格納されるSH－60Kの白い機体を思い浮べた。

高揚した気持ちで格納庫内を一周すると、点検の列は01甲板を降りて右舷上甲板の戦闘通路に出た。通常の上甲板の塗装の上にザラザラと凹凸のある滑り止めを施した通路である。

艦の躾《しつけ》事項として甲板上は走らないことになっている。しかし、一刻も早く戦闘配置に着かねばならない事態が発生すればそうもいかない。

通常でも航海中の上甲板の歩行は危険であるため、主に外舷沿いの戦闘通路を中心に滑り止めが施されている。

戦闘通路の両端には白線が引かれ、白線の内側を歩くようになっている。

点検の列は戦闘通路を整斉と行進し、前甲板へと向かった。

6

前甲板に出ると風はいっそう強くなり、陽射《ひざ》しはあるものの暖かさはほとんど感じられなかった。

「アスロックランチャー！」

八連装の対潜ロケット式魚雷（アスロック）の発射機の前で点検番の魚雷員が声を張る。

碧は陽射しに目を細めながら、はるか上方にある発射セルの発射口を見上げた。

八連装とはいえ、上下二つのセルが一組となって俯仰《ふぎょう》するので、四つの直方体を集めたような形状となっている。

塗装は外舷色と同じグレーで、錆《さび》も見当たらず、よく手入れされていた。

アスロック攻撃は近距離での潜水艦との戦闘を意図したもので、ソナーや発射指揮装置と連動したシステム攻撃である。

敵潜水艦のソナー探知とともに測的諸元、攻撃諸元が魚雷と発射機に指示され、発射機から打ち上げられたロケット式魚雷は調定されたとおりに飛翔《ひしょう》する。

目標近くでブースターが切り離されると、弾頭降下とともにパラシュートが開き、魚雷はゆっくりと着水。その後は目標を追尾し、攻撃する。

アスロックの訓練発射はうみゆきの航海長時代に何度か艦橋から目撃している。

うみゆきもやはり艦橋前にランチャーを備えたタイプだったので、艦橋から見る発射の瞬間はそれなりに迫力があった。

ランチャーが目標方向に旋回俯仰を開始する前の、緊迫した警報ベルの音。発射音とともに発射セルの後方から噴き出す火焔《かえん》と濛々《もうもう》たる煙幕。艦全体がグッと沈む込むような衝撃も懐かしい。

以降のむらさめ型護衛艦からはＶＬＳ（垂直発射）方式が採用されている。

説明する座間水雷長の後に続き、碧は正面を向いているランチャーの後ろに回った。

アスロックの弾庫は艦橋基部にあり、機力でランチャーに自動装塡《そうてん》される。

そのため、艦橋構造物からランチャーまでの距離はかなり近い。

正面は蓋《ふた》を閉ざした四角い形状の発射セルも後ろの装塡口は丸いフレキシブルカバーで覆《おお》われている。

点検番に最近の不具合について聞いてみると、「とくにありません！」と威勢のいい答えが返って来た。

アスロックランチャーとミサイル、それぞれの安全守則（安全に操作・作業するための注意事項を箇条書きにしたもの）のプレートがちゃんと提示されていることを確認すると、点検はさらに艦首方向へと進んだ。

「七六ミリ速射砲！」

六二口径七六ミリ単装速射砲の横で点検番が待っていた。

座間水雷長に代わり、今度は砲雷長を兼任している暮林副長が前に出てくる。

七六ミリとは砲口の内径であり、六二口径とは七六ミリの六二倍、つまり約四・七メートルの砲身の長さをいう。

イタリアのオート・メラーラ社で開発されたこの速射砲は、多数の国々の海軍で採用されており、海上自衛隊の汎用《はんよう》護衛艦にも多く装備されている。

コンパクト砲と呼ばれるだけあって見上げるほどの大きさではない。

お椀《わん》を伏せたように丸い砲塔のシルエットは、アスロックランチャーの直線的で角ばった形状とはみごとに対照的である。

発砲の際の衝撃もアスロック発射時と比べると格段に小さい。

グラスファイバー製のつややかな光沢のある砲楯《シールド》には、碧やその後ろに連なる科長たちの影まで映っていた。

甲板の下、砲塔直下の位置に給弾室があり、ここで回転式の弾倉から甲板上の砲塔に弾薬が自動で給弾される。

最大射程は一万六〇〇〇メートル、一分間で最大一〇〇発の速射が可能なことについて暮林副長が語るそばから、点検番の射撃員が誇らしげに胸を張る。

重々しくも立て板に水のような口上を聞きながら砲塔を一周する。

分隊点検時は斜め上方に仰角を取っていた砲身も点検のために水平に下ろされており、砲の先がよく見えた。

拳銃《けんじゅう》射撃でも小銃射撃でも発砲の際の反動で銃口が後退するもので、艦の主砲もその例外ではない。

口径が大きいぶん後退も大きく、その影響を押さえるために砲身の先にはマズルブレーキ（砲口制退器）がついている。

側面に穴の開いた円筒型のマズルブレーキは磨き抜かれて光っており、発砲後に砲身を冷やす冷却水の排出孔までよく見えた。

砲を囲うブルワーク（波よけ）の内側には、消火用の海水ホースがきれいに巻かれて赤いラックの中に収まっている。

「最近の射撃の成績はどうか？」

「良好です！」

点検番の射撃員は元気よく答えながら、暮林副長にチラと目を走らせた。

「えー、昨年度の射撃術科優秀艦に選ばれております」

暮林副長が咳払《せきばら》いしながらつけ加えると、射撃員はますます胸を反らした。

7

点検の列は前甲板を一周すると、艦橋構造物の入り口にある水密扉からふたたび艦内に入り、艦橋へのラッタルを上がっていった。

この水密扉は一見普通の開閉扉だが、レバー一つで完全に区画を密閉できる扉で、構造物の出入り口に設けられている。

外側は外舷色のグレーで、内側は黒く塗られている。

「てんけーん！」

後藤先任伍長の声が一足早く艦橋に響き渡る。

「艦橋！」

点検番に立っていたのは、航海科のWAVEの二曹だった。

この二曹がWAVE乗組員全体の先任のようだ。

年齢は三〇代前半といったところだろうか。女性にしてはしっかりとした顔立ちで、黒髪をオールバックにして後ろで一つにまとめた髪型が、ややえらの張った顔の輪郭を強調していた。

奥二重気味の目は、自身の心の内を映さぬようシャッターを下ろしているかのごとく、超然と前を向いている。

名札を見ると、「岬《みさき》」とあった。

あおぎりにおける航海指揮全般を所掌している渡辺航海長が、艦橋内の機器について説明して回る。

地元出身なのだろう。かしこまった面持ちでしきりに呉弁のイントネーションを押さえようとしている感がうかがえた。

あおぎりの艦橋は決して広くはない。二〇畳もあるかどうかといったところだが、艦首方向の前面と両サイドのちょうど目の高さにぐるりと窓があるため、明るく開放感がある。

床も機器もすべて薄いグリーンを基調としており、柱は白くペイントされ、衝突緩和のために頭の高さあたりにロープが巻かれている。

窓ははめ殺しで、大きめの格子窓《こうしまど》といった感がある。荒天時《こうてん》に両サイドの出入り口を閉めて艦橋を密閉してもクリアな視界が確保できるよう、ワイパーとヒーターが備えられている。

前面の窓の上には速力計、右舷回転計、左舷回転計といった計器類が並んでおり、前部中央にあるジャイロ・レピーター（羅針儀）の前に立つ当直士官が操艦状況を一目で把握できるようになっている。

このジャイロ・レピーターを挟んで右に位置する座席が艦長席、左が司令席である。どちらもリクライニング機能のついた背の高い座席で、ここに座ればあらゆる方向に見通しが利《き》く。

艦長席の座席カバーは二等海佐である碧の階級に合わせて半分が赤で残りの半分が青の二色に染め分けられたものが掛けられている。

一方、司令席のカバーは赤一色で、これは一等海佐の階級を表す。

碧は自身の席である艦長席に目をやった後、赤い司令席に目を向けた。

第一二護衛隊司令、堀田栄治一佐の座る席である。

午後の慣熟訓練には、堀田司令も乗艦する予定になっている。

噂《うわさ》では社交的で面倒見がよいとのことだが、碧にとっては初対面の上官だった。

どんな司令が乗って来られようと、私は自分のやるべきことをやる。それだけだ。

碧はきっぱりと司令席から目を逸《そ》らして、右ウイングへ出た。

ウイングとはベランダ風に張り出した見張りスペースで、ちょうど艦長席と司令席のうしろに左右それぞれの出入り口がある。

三、四人も立てばいっぱいになってしまうほどの広さだが、出入港時には艦長も左右のウイングに出て操艦する。この艦長操艦が艦長としての腕の見せどころでもあるのだ。

碧は軽く身を乗り出して、ウイングからの見晴らしを確かめた。

ウイングには高角双眼鏡や信号探照灯、ジャイロ・レピーターが備えつけられている。

高角双眼鏡を使用するのは、主に左右の見張り員だ。レーダー機器が発達した現代でも、航海中の見張り員の役割は重要で、よく訓練された見張り員からの報告は故障の恐れのある機器の示すデータより頼りになる。

信号探照灯は直径三〇センチほどのライトで、付属のレバーで遮光シャッターの部分を開閉することによって、主に航海科の信号員が僚艦などに発光信号を送る。

信号探照灯の横には艦橋前部中央のものと同じジャイロ・レピーターがあり、航海科員や副直士官はこれを使ってウイングから見える島や山の方位を測り、自艦の位置を測定する。

この陸測艦位測定によって得られた艦位は、右ウイングの出入り口のそばにある海図台の海図に記入される。

艦位のチェックはＣＩＣでも行なわれており、ＣＩＣからの報告は艦長席後方の水上レーダー指示器についている当直員を通して上がってくる。

航路上をはしっているつもりでも、潮流によって偏位していくので、一定時間ごとのチェックは欠かせない。さらに、偏位量が多い場合は修正針路を取って、本来の航路に戻さねばならない。

碧はウイングからふたたび艦橋内に戻ると、海図台の上を覗《のぞ》いた。

昼間は開け放した状態になっているが、夜間になると、海図台のまわりには遮光カーテンが引かれ、海図を照らす明かりが外に漏れないように遮蔽《しゃへい》される。

この遮蔽された空間が眠気を誘い、海図と向き合いながらうっかり居眠りをしてしまう副直士官も少なくない。

碧は点検に備えてきれいに片付けられた海図台を確認してから、操舵《そうだ》コンソールの前に移動した。

操舵コンソールは舵《かじ》を取るための装置で、ちょうど腰の位置くらいの高さに操舵輪のついた指示器である。

操舵輪は形状といい、大きさといい、車のハンドルと大差はない。

操舵員が前に立ってハンドルを回し、当直士官の号令どおりに舵を動かして操舵する。

このコンソールと当直士官の立つジャイロ・レピーターの中間あたりの天井からラッパ状の伝声管が下りており、艦橋と上部指揮所との間で直にやり取りができるようになっている。

「最近の舵故障等、ありません!」

碧が尋ねる前に、渡辺航海長が声を張って申告する。

操舵コンソールの隣は速力通信器だ。ここから機関科操縦室に速力オーダーを出し、エンジンの回転数の整定もここに通知される。

操舵コンソールと同様、腰の位置くらいの高さにエンジンの回転数や速力を表す計器が並び、黒いレバーで速力オーダーを変換するようになっている。

視線を転じて速力通信器の後方に位置するホワイトボードに目を移すと、今日の気象状況やFバースにおける潮位、乗艦している乗組員の人数など、あおぎりを動かす上で把握しておくべきあらゆる情報が書き込まれていた。

碧はボードをサッと見渡して、ふたたび艦長席に目をやった。

この後の訓示が終わったら、あの席に座っていよいよ出港だ。

深く息を吸い込んで呼吸を整える。

移動するタイミングを見計らっていた後藤先任伍長は、碧の気持ちを察知したように、先導を再開した。

列はぞろぞろと司令席の後ろを回って一周し、直立して見送る岬磨季《まき》二曹を尻目《しりめ》に、艦橋を後にした。

8

誰もいない士官室のテーブルは、クロスの白が際立《きわだ》ってまぶしかった。

碧はポケットから訓示用の原稿を取り出して読み返した。

訓示は長すぎても短すぎてもよろしくない。

これまでに仕えた何人もの艦長の訓示を思い起こしながら、昨夜ホテルで原稿を起こしてみたのだが、借り物のアイディア、借り物の言葉はどこか嘘《うそ》くさかった。自身がむらゆき時代に述べた訓示でさえ、もう賞味期限切れで心に響いて来ない。

結局は今の自分が、今の言葉で語るしかないのだと、最初から分かり切っていた結論に達したのだった。

肚《はら》が決まると、おのずと言葉が湧《わ》いて出た。

自身にしか読めない殴り書きの文字を紙にぶつけるようにして書き留め、何度も読み返して咀嚼《そしゃく》するうち言葉に行き足がついてきた。

「これだ」と思った。

これでいこう。

一夜明けた今、改めて読み返してみても違和感はなかった。

いける……。

「副直士官入ります！」

副直士官の大久保船務士が弾むように入室してきた。

「艦長、飛行甲板用意よろしい！」

後部の飛行甲板に乗組員総員が集まり、訓示を仰ぐ用意ができたという意味だ。

碧が了解すると、大久保船務士はすぐに回れ右をし、出ていこうとして、入り口のカーテンの前でなにかを思い出したように「あ」と声を上げた。

もう一度回れ右をして、こちらに向きなおる。

「あの、艦長。おいらせ艦長から伝言を預かっております。こちらを……」

手渡されたのは文庫本ほどの大きさのメモ用紙で、小さく二つに折りたたまれていた。開けてみると、「本日の日没一八〇九」とだけ書いてある。

ようするに本日の日没時刻は一八時九分だというわけだ。

「おいらせ艦長が、これを？」

「はい。さきほど、おいらせの当直員が急ぎで持ってきまして……」

横付け中の僚艦艦長から、わざわざメモ書きで日没時刻を知らせてくるとは。

碧は江田島同期の小野寺の飄々《ひょうひょう》ととぼけたような顔つきを思い浮かべた。海幕からかけた内線では「大船に乗ったつもりで着任しろ」と言っていたが、それと日没時刻とどういう関係があるのか。

「これだけ？　ほかになにか聞いてない？」

「はい。このメモだけ艦長に渡してほしいとのことです」

大久保船務士はメモの中身までは見ていないらしく、キョトンとした表情で碧の顔とメモ用紙を見比べている。

「わかった。ありがとう。行っていいよ。私もそろそろ出るから」

大久保船務士はきびきびとした挙動でふたたび回れ右をして出て行った。

小野寺からの伝言の意図は分からない。しかし、すぐ隣に横付けしているのだ。一連の行事が終わったら、直接おいらせに出向いて意図を尋ねてみよう。

碧は小野寺からのメモ書きをポケットに入れ、大久保船務士が飛行甲板に着く頃合いを見計らって士官室を出た。

よし、いくぞ！

士官室を出てラッタルを上り、上甲板へ出る。

中部あたりまで進むと、後部の飛行甲板からチラチラとこちらをうかがっている甲板士官の坂上砲術士と遠目に目が合った。

「気を付けぇぇぇ！」

坂上砲術士が向き直って総員に号令をかけている声が聞こえる。

余裕のない動きからキリキリとした緊張感が伝わってくる。

あおぎり乗組員総員が飛行甲板に整列して待っている様を思い浮べると、碧とて平静ではいられない。

艦尾方向から吹き寄せてくる風が、サッと冬制服を突き抜ける。ガチガチと歯の鳴るような震えが走った。

碧は口元を引き結び、キッと前を向いた。

どんな高波も、ビビッて目を背けてはならない。艇首を逸らしてはならない。逸らした隙《すき》に持ち上げられ、ひっくり返される。

波から目を離さず、波に艇首を立てて突き進む。

初任三尉《い》のとき、初めて作業艇に乗って魚雷の訓練弾を揚収に行った際、ベテランの艇長から教えてもらった。

こんな高波を越えられるものか。

あのときは容易に信じられず、悲鳴を上げながら突っ込んだものだが、ふわりと身体《からだ》が持ち上がり、気が付くともう波を乗り越えていた。

以来、碧は気後れする暇があったら前を向く、をモットーとしていた。目を逸らさなければ越えられるのだ。なにごとも。

一歩一歩踏みしめるように戦闘通路を歩き飛行甲板に出ると、あおぎり乗組の海曹士たち総員が六列ほどの横隊を成して、格納庫前に整列していた。

右端の列外には号令官を務める甲板士官の坂上砲術士。副長以下の幹部たちは曹士たちとは別に、左舷側の外舷に沿って横一列に並んでいる。

皆、黒い冬制服に白い制帽、白手袋の礼装である。

曹士たちは気を付けをしているため、皆視線は前を向いている。しかし、それぞれの気のベクトルは集中して碧に向いている。

その圧倒的な力に押しつぶされそうになりながら、碧は列の前を横切り、格納庫の前に用意された演壇へと進んだ。

演壇に上がって正面を向くと、いよいよ総員の視線が一斉に突き刺さる。

一人対二百人弱の対面の瞬間だった。

碧は深く息を吐いて、自身の気を丹田《たんでん》のあたりまで下ろした。

ざわついた頭の中が鎮《しず》まり、地に足が着いていく。

「かしーら―、中《なか》ッ！」

坂上砲術士の号令で幹部は挙手の敬礼、曹士たちは一斉に顔を上方に上げた。「頭中《かしらなか》」は指揮官が中央にいるときにかけられる号令で、総員が一斉に中央に顔をふり向けることで敬意を表する。

碧が壇上にいるため皆一斉に上方を向いたわけだが、これに対し碧は挙手の敬礼で答える。

ゆっくりと流し敬礼をするように左右を見回し、最後に艦尾の自衛艦旗に正対して手を下ろす。

「直れぇぇぇッ！」

坂上砲術士が碧のタイミングに合わせて号令をかける。

総員の顔の位置が戻ったところで、碧は口を開いた。

「このたび護衛艦あおぎり艦長を命ぜられた、二等海佐早乙女碧である！」

総員の視線が一斉に碧に刺さる。

「ただ今からあおぎりの指揮を執る。休め！」

「せいれーつ（整列）、休めッ！」

間髪入れずに坂上砲術士が号令をかけ、総員が気を付けの姿勢から足を半歩開き、手を後ろに組んだ「整列休め」の姿勢を取る。

ものものしい緊張がみなぎる一瞬だが、すでに肚を決めた碧はたじろがなかった。

「まずは、この呉の地でふたたび艦長の任にあずかり、精強・活発な諸官とともに艦艇要務に就ける幸運に感謝したい」

艦長訓示はたいてい「だ」「である」口調で行なわれ、「です」「ます」口調で行なわれることはまずない。

少なくとも碧がこれまでに仕えてきた艦長たちの訓示は皆「だ」「である」口調だった。

訓示に限らず、指揮官の発する言葉は号令から講話にいたるまで、すべて断定口調・命令口調でなくてはならない。これは候補生学校時代から一貫した教育であり、躾事項でもあった。

ただ女性の指揮官が発するこうした〝男言葉〟に違和感や反感さえ抱く隊員がいるのも事実だ。

あおぎりに新しい風を吹かせるにあたり、この伝統的な「だ」「である」口調を変えてはどうかと碧も一度は考えた。

女性でありながら、不自然な〝男言葉〟で訓示を行なわねばならないのは、碧にとっても違和感があった。

しかし、今日のために目一杯に艦の威容を整え、一分の隙もなく整列している乗組員たちを前にしたとたん、考えが変わった。

このような場でいきなり砕けた口調で訓示を行なうのは、礼を失した行為になるのではないか。

ポケットから原稿を取り出して読み上げるのさえためらわれる。今日の飛行甲板にはそれほど張り詰めたものがあった。

碧は原稿をポケットに収めたまま、整列している乗組員一人一人を見渡しながら続けた。

点検から受けたあおぎりの印象を述べ、整備状況、乗組員の教育訓練状況ともに申し分のない優秀艦を任された喜びを語った後、システム艦の先駆けとしてのあおぎりの存在意義を唱えた。

乗組員たちの顔つきは真剣だが、まだ真の中身がついてきていない。

よし、もう一歩だ。

碧は一段トーンを落とした声で続けた。

「我々の直面する事態は常に不測の事態の連続といってよい。まず、気象、海象《かいしょう》からしてまったく同じ日はなく、つまりは毎日が新たな一日であり、不測の事態とは言い換えれば、前例のない新たな事態である。よって、精強な海上自衛隊の一員として常に新たな事態に臨めるよう、『強く、新しく』を本艦の指導方針として掲げたい」

乗組員たちとの距離を詰めるべく、ここからまたトーンを変えて、一人一人に語りかけるように続ける。

「諸官の中にはあおぎり乗組員であるとともに、家庭に帰れば一家の家長である者も多いと思う。艦長である私自身も家庭に帰れば一人息子の母である。我々の任務を陰で支えてくれている家族の存在と国民の信頼をどうか忘れないでほしい。また、昔から『艦艇勤務においては艦長を父と思い、副長を母と思え』という言葉がある。本艦の場合はどうやら父母の立場が逆である気がしなくもないが……」

ここで乗組員たちの強張《こわば》った表情がフッと緩んだ。碧はすかさずたたみかける。

「とにかく本艦においては艦長を母、副長を父と思ってもらってかまわない。私も二〇〇名ちかくの息子、娘を抱えたグレートマザーになったつもりで、諸官とともにありたいと願っている」

乗組員たちとの距離が近づいたのを確信し、碧はいよいよ艇首をグッと立てた。

「凪《なぎ》の日もあれば、高波の日もあるかと思う。しかし、同じ艦に乗り合わせた者同士。

家族の支えと国民の信頼に応《こた》えるべく、どうか力を合わせて一緒に艦を動かしていこう」

無言のどよめきの波が盛り上がる。

碧は艇首を立てたまま、波に向かって声のトーンを上げた。

速力を上げ、いよいよ高波めがけて突っ込む。

「ともに新たな海を切り拓《ひら》こう！」

はたして高波を乗り越えたかどうかは定かではない。しかし、手ごたえはしっかりと感じた。

「かしーらー、中ッ！」

あえて「以上」とか「終わり」など結び言葉は用いなかったものの、坂上砲術士はしっかりと訓示の終わりをとらえて号令をかけた。

おそらくは号令のタイミングを測るのに精一杯で、訓示の内容などろくに頭に入っていないにちがいない。

しかし……。

訓示の前と後では明らかに飛行甲板の空気が変わった。

――あおぎりに新しい風を吹かせて下さい。

前艦長山崎の言葉がよみがえる。
多少の風は吹かせられただろうか。
碧は答礼を終えて演壇を降りた。
いや、まだまだこれからだ。
来た時と同じように戦闘通路をゆっくりと歩き、艦長室へと戻る。
グワッグワッともやい綱が軋《きし》んで、鳥の鳴き声のような音を立てていた。

第四章 事故一名

I

いったいこれは何回目の出港になるのだろう。

はじめて艦長を任されたむらゆき時代から数えてもゆうに二桁《ふたけた》。初任三尉《い》のころから数えたら、ひょっとすると三桁《みけた》に届くかもしれない。

しかし、何度経験しても、出港の際は常に新たな緊張がともなう。

風向、風速、潮位。出港のコンディションはその度ごとに違う。一度として同じコンディションでの出港はない。

護衛艦にとって出港とは、ひとたびごとに生まれ変わる禊《みそぎ》の儀式なのだ。

出港までに行なう作業の一つ一つが、まるでパズルのピースのように手順通りにピタリと嵌《はま》り、全体の流れの中でみごとな調和を成すことによって初めて完成する。

機関科試運転から始まって各部の出港準備が整い、最後のもやい索が放たれるまで、決して気は抜けない。ピンと張り詰めた空気が満ちる。

碧はこの空気が決して嫌いではなかった。

主機《もとき》の回転音と振動が伝わって全身に武者震いが走り、「よし、いくぞ」と心が燃えてくるのだった。

碧は艦長室を出ると、艦橋に上がるラッタルの前で軽く襟元を正した。

すでに配置についている航海科員が碧の気配に気づき、「艦長上がられます！」と艦橋中に知らせている声が聞こえる。

それぞれの持ち場で気を付けをした乗組員たちは、碧が艦橋に足を踏み入れると同時に一斉に挙手の敬礼をした。

軽く答礼して、右舷《みぎげん》前方の艦長席に向かう。

艦橋の空気はすでに清々《すがすが》しく張り詰めている。

この感じ。やっぱりいいなあ。

席の前に用意された、赤と青に染め分けられたストラップの双眼鏡《めがね》を首にかける。

待っていたかのように、副直士官の通信士、遠藤孝太郎二尉が出港報告用のボードを手にしてやってきた。

出港前には艦長に対して、現在の人員や燃料の残量、使用する機関諸元、気象状況、潮汐《ちょうせき》、出港時の風向きや風速などをまとめた「出港報告」がなされる。

遠藤通信士はこれまでに何度も出港報告をくり返してきたのだろう。碧の前で姿勢を正し、もの慣れた様子でボードを読み上げ始めた。

「出港報告を行ないます！　総員一七〇名。事故一名……」

堂々とした報告に好感を持って耳を傾けていると、碧は初っ端《しょぱな》からまっさらな薄紙でスッと手指を切られたような気持ちになった。

事故一名？

「ちょっと待って！」

碧は立て板に水のような遠藤通信士の出港報告をさえぎった。

とたんに落ち着き払っていた遠藤通信士の表情が「しまった」とでもいうように変わり、合わせて艦橋の空気がサッと変わるのが分かった。

「事故一名って、どういうこと？」

私はまったく聞いてないんだけど……と言おうとして、碧は言葉を呑《の》み込んだ。

遠藤通信士の目の動きやほかの艦橋直員たちの表情から、直感で悟ったのだ。

聞いていないのではない。聞かされていなかったのだ。おそらくは意図的に……。

誰もが下を向き、碧の問いかけの矛先をかわそうとしていた。そんな中、暮林副長が重々しい足取りで、艦長席のほうへ寄ってきた。

「ご報告が遅くなりまして申し訳ありません。じつは、船務科のＷＡＶＥが一名、まだ帰艦しておりません」

不意打ちを食らった気分だった。

ああそう、とすぐに了解するわけにはいかなかった。

一般社会でいうところの「出勤」は、艦においては「帰艦」となる。

どの艦も停泊中は躾《しつけ》事項として、おおむね午前七時が帰艦時刻となっている。帰艦時刻に遅れると「帰艦遅延」となり、帰艦するまで「未帰艦者」と呼ばれる。

帰艦途中に体調が悪くなった、事故に遭った等の理由で帰艦できなくなった場合は、ただちに艦と連絡を取り、やむを得ず欠勤となる場合もままある。

しかし、これはさほど問題ではない。乗員が一名欠けたところで出港に差し障《さわ》ることはまずないし、ましてや、日帰りの慣熟訓練であれば、一名の欠員が致命的な事態とはなりえない。

問題は別のところにある。

「本人からの連絡は？」

碧が問いただすと、暮林副長はゆっくりと首を横に振った。

「昨日まで通常どおり勤務しておりましたが、今朝から連絡が取れなくなりました。現在、班長ほか一名の電測員が捜索に出ています」

碧は声を上げるかわりに、小さく息を呑んだ。全身の血がいやな感じにざわめく。なにか事件に巻き込まれて帰艦できなくなった、あるいは逃亡、いや最悪の場合は自殺だってあり得るのだ。

この時点でもうただの欠勤ではなく、立派な服務事故である。

「どうして黙っていたんですかッ！」

語尾が存外にはね上がった。

服務事故が発生しているというのに、表向きは整然と艦長交代行事が行われていたのだ。

――機器は問題ありません。

艦内点検時、ＣＩＣでわざわざ申告してきた電測員長の言葉が思い出された。もしやあれは、機器は問題なしでも人員には問題あり、という意味だったのか？

「山崎前艦長はご存知だったんですか？」

たたみかけながらも、知らなかったにちがいないと思った。知っていれば、艦長室で最後のやり取りをした際、何らかの申し継ぎを行なったはずだ。

副長として艦にとって不都合なことは隠し、なにごともなく前艦長を送り出し、新しい艦長を迎えたい。その気持ちは分からなくもない。

しかし、だからといって艦内に箝口令《かんこうれい》をしくなんて、これじゃあ、まるで騙《だま》し討ちじゃないか。

碧は左手首のセイコー・ルキアに目を落とした。わざわざ時計を見るまでもなく、出港三〇分前であるのは分かっていた。

このまま出港報告で遠藤通信士がうっかり口を滑らせて正規の報告をしなければ、なにも知らずに出港するところだった。

「未帰艦者の氏名は？」

「はいッ。内海佳美《うつみよしみ》三曹。二六歳、独身です。大卒の一般曹候補生出身で電測員としての技能成績は優秀。真面目《まじめ》な性格で、服務事故は今回が初めてです」

内海三曹の所属する第二分隊の分隊長である稲森船務長が耳まで真っ赤に染めて答えた。

艦では基本的に、幹部である分隊長と分隊士が所掌分隊の海曹士乗組員の身上把握や人事管理に当たるのだ。

大卒で曹候出身か。

内海三曹のイメージを想像する。

一般曹候補生（曹候）とは部隊の中核を担《にな》う自衛官を養成する制度であり、任期制の自衛官候補生と違って非任期制である。自衛隊で長く活躍したいと考えて志望する者が多く、将来的に選抜試験を受けて幹部に昇任することもできるコースだ。募集対象年齢が三三歳未満まで引き上げられたため、四年制大学を卒業してから、あるいは一度社会人を経験してから入ってくる者も少なくない。

きっと内海三曹も自衛隊に長く腰を据えるつもりで入隊してきたにちがいない。

「内海三曹の居場所は特定できそうなの？」

「え、あ、はい。現在、まだ捜索中でして……」

どうにも歯切れが悪い。捜索は難航しているのだな、と感じた。

「艦外に借りているコーポラスにはおらず、岡山の実家にも問い合わせましたが、帰っている様子はありません」

稲森船務長のしどろもどろの状況説明が続く。

WAVEの未帰艦という点がどうも引っかかる。艦艇部隊に限らず、海上自衛隊全体、ひいては陸・海・空の自衛隊全体における女性自衛官の数は男性自衛官に比べて圧倒的に少ない。

そもそも採用人数が少ないぶん、相当の競争率を勝ち抜いてきた優秀な人材でもあるうえ、男性中心の組織の中で認められようと男性以上に頑張る傾向がある。

事実、これまでの艦艇勤務で扱ってきた海曹士のWAVEたちは皆おしなべて品行方正で真面目な性格の者たちばかりだった。

碧も含めて女性自衛官たちが一番恐れ、嫌うのは「やっぱり女は駄目だ」という評価である。

実働艦にWAVEが乗り組むようになった歴史はまだまだ浅い。自身の評価がWAVE全体の評価に響き、「やはり女には無理だ」と後に続く後輩たちの道が閉ざされてはならない。女性の先輩たちが懸命に実績を積んで切り拓《ひら》いてきた道を、自身のせいで塞《ふさ》いではならない。

幹部、曹士を問わず、女性自衛官たちは皆多かれ少なかれそうした意識を持っている。まだ会ったことはないが、おそらく内海三曹もその例に漏れないだろう。

だとすれば、今回の未帰艦の裏には事情があるような気がしてならない。だいたい艦長交代の日に何の連絡もなく帰艦しないなど考えられない。かりに体調不良等で帰艦困難になっていたのだとしても、まもなく艦が出港するというのにいまだ本人と連絡が取れていないのはおかしい。

やはり、警務隊に通報して徹底捜索してもらい、一刻も早く本人を見つけ出したほうがいいのではなかろうか。

警務隊とはいわゆる自衛隊内の警察であり、旧軍でいうところの憲兵隊である。ただし、憲兵と違って警務官に一般市民を取り締まる権限はない。

自衛隊内で隊員が行方不明となった場合、部隊等の長は捜索を行なうとともに、すみやかに所在地を担当する警務隊の長に通報して、捜索の協力を求めなければならない。

「副長、内海三曹の件、警務隊に通報を」

「警務隊」という言葉に艦橋の空気が一瞬にして張り詰めるのが分かった。暮林副長は意外にも反対した。

「いえ、艦長。それはあまり得策とは思えません。せめて慣熟訓練が終わるまで自艦で捜索すべきではないかと」

静かな口調だったが、有無を言わさぬ凄味《すごみ》があった。

張り出した眉《まゆ》の下の射《い》貫《ぬ》くような目に、次の言葉が出てこない。

誰もが固唾《かたず》を呑んで碧と暮林副長を見守っている。

と、そこへ「司令上がられます!」と入り口付近にいた航海科員が声を張り上げて知らせてきた。

碧は反射的に姿勢を正しながら、また手首のセイコー・ルキアに目を走らせた。たいていの司令は出港の一五分前以降に艦橋に上がってくるものだが、出港一五分前までにはまだだいぶ時間がある。

少し早すぎやしないか?

しんとした艦橋に、第一二護衛隊司令の堀田栄治一佐が姿を現した。

堀田司令は防衛大出身の五〇歳。いそゆきの艦長を務めた後、海幕勤務を経て統幕学校に入校。その後、中国四国防衛局防衛補佐官を経てヘリコプター搭載護衛艦DDHひゅうがの艦長を務め上げた潮気のあるエリート司令である。

見た目はとても五〇歳とは思えぬほど若い。白髪交じりではあるが頭髪もふさふさとしている。大柄でも小柄でもなく、動きは俊敏でスポーティーな感じさえする。浅黒く日に焼けた顔はどこか都会的で、往年のテニスボーイといった感がある。護衛艦に乗るよりスポーツカーにでも乗ったほうが似合いそうなタイプだ。

碧をはじめ、艦橋配置総員が一斉に挙手の敬礼をすると、

「ああ、いいから、いいから。構わずやってくれ」

堀田司令は答礼もそこそこに、取り消しの合図でもするように両手を振った。勝手知ったる我が家のごとくスタスタと司令席に上がると、身のこなしも軽やかにサッと脚を組んだ。

「構わずやってくれ」と言われても、直属の上官である。向こうが構わなくても、こちらとしてはそうもいかない。

碧は堀田司令の横顔にチラリと目をやった。

そもそも司令は今回の未帰艦者の発生について知っておられるのか？　いや、艦長の私でさえ知らなかったんだ。副長以下が私を飛び越えて司令に届けているはずがない。

堀田司令はなにを考えているのか、涼しい顔で脚を組み、司令席に深々と腰かけている。

小さくまとまった端正な顔立ちの中で、眉毛だけが黒々と野性的である。

一見さっぱりしているようでいて、なんだか一癖ありそうだ。

噂《うわさ》では社交的で面倒見がよいとのことだが、社交的を越えて気障《きざ》でチャラチャラした感じがしなくもない。

地方の護衛隊司令らしからぬ都会的な雰囲気のせいかもしれない。

とにかく、今まで仕えた経験のないタイプの上官である点は間違いなさそうだった。

暮林副長はしばらく不動の姿勢で堀田司令の動きを見守っていたが、やがてチラリと遠藤通信士に視線を投げた。

遠藤通信士はそれが合図のように姿勢を正すと、「艦長、出港報告の続きを行ないます！」と声を張り上げた。

そういえばまだ出港報告が終わっていなかった。最初の人員報告の部分で引っかかってからそのままになっていた。

まるで未帰艦者などいなかったかのように、遠藤通信士は淡々と燃料の残量や使用機関の諸元などを読み上げていく。

部内出身の遠藤通信士は、士《さむらい》配置の副直士官たちを束ねる先任でもある。航海科出身だけあって出港回数は碧より多いかもしれない。

細身ながら筋肉質で物怖《ものお》じしない態度は、すでに当直士官並みの貫禄《かんろく》と落ち着きがあった。

「……以上です。艦長」

ボードから顔を上げた遠藤通信士は、また切れ長の真っすぐな目を碧に向けた。

「了解」

本当は少しも了解できる状況ではないのだが、堀田司令の手前、了解を出さざるをえない流れとなっていた。

遠藤通信士は敬礼して、副直士官の詰める海図台へ戻っていく。

「艦長、出港要領をお願いします」

いつのまにか、暮林副長の元に、前、中、後部指揮官が集まってきていた。

暮林副長は相変わらずの渋面《じゅうめん》で、さきほど効かせてきた凄味が嘘《うそ》のような、いかにもなにごともなかったかのような態度である。

内海三曹の件を司令にも知らせず、このままどさくさに紛れて出港してしまおうという肚《はら》なのだろうか。

こんな流れで出港前のブリーフィングを始めてよいものか。こんな状態で出港してよいものか。

「どうした、艦長? わしに構わず、ブリーフィングを始めていいんだぞ」

碧がなかなかブリーフィングを始めないのを遠慮と受け取ったのか、堀田司令はわざと砕けた調子で声を上げた。

「いえ、じつは……」

碧が司令席のほうへ向きなおったとたん、暮林副長が半身になって間に入った。言葉は発せず、厳しい表情で碧をみつめている。無言で「言うな」と止めているのだろう。

碧には分からなかった。そもそも暮林副長はなぜそこまでして内海三曹の未帰艦を隠そうとするのか。そもそも隠し通せるとでも思っているのか。

一大事となってからでは遅いんだぞ。

碧は吹っ切るように暮林副長の右に出て堀田司令に正対した。

「司令、現在、本艦には服務事故として未帰艦者が一名発生しております」

チッという舌打ちが聞こえた。しかし、それが誰の舌打ちなのか定かではなかった。

暮林副長は半身に乗り出した身を引き、能面のような顔で床をみつめている。

堀田司令は司令席で脚を組んだまま、「ほう」と天を仰いだ。

「艦長交代早々に服務事故とはケチがついたもんだなあ。艦長」

まるで他人事《ひとごと》のような口調である。

「で、どうするんだ? これから」

脚を組んだままこちらに顔を向ける。

当然、堀田司令には自身ならどう行動するかという考えがあるのだろう。しかし、それを上官として命じるのではなく、部下に判断させたいのだ。

あおぎりに着任した新艦長がどれほどの器か、試しているのだろう。

碧は背後に立っている暮林副長や稲森船務長及び前、中、後部指揮官総員の視線を痛いほど感じた。

いや、それだけではない。

操舵《そうだ》コンソールの前に立っている操舵員長の小宮《こみや》二曹、海図台で作業をしている遠藤通信士、ウイングで出入りをくり返している大久保船務士。

直接こちらを見ていなくても、彼らの注意が一斉に自分に向けられているのが分かった。

「どうした？　あおぎり艦長」

堀田司令が脚を組みなおす。

「はい。私としましては」

艦橋当直員たちがそれぞれの作業の手を止めて、碧の発言に耳を澄ましている気配がよく伝わってくる。

「やはり、所在不明の乗員の安否が確かめられぬまま出港するのは服務上の問題があると考えます。何らかの事件に巻き込まれた可能性もありますし」

「ほう。それで？」

「本日の出港を取り止《や》め、まずは捜索に当たりたいと考えます」

むらゆき艦長時代を含め、それ以前の艦艇勤務においても未帰艦者のために出港を取り止めた例はない。そもそも未帰艦者の発生自体が初めてだった。過去の例に照らし合わすこともできず、限られた経験と限られた状況から、ひねり出した判断だった。

そのとたん、この状況をどこか楽しんでいたかのような堀田司令は急に真顔になった。

「なぜだ？　艦長。なぜ、出港を取り止める？」

「はい。今回の出港は慣熟訓練のための出港であり、緊急出港ではないからです」

「なるほど。慣熟訓練のための出港だから後日に回してもいいという考えか」

堀田司令は厳しい面持ちで眉根を寄せた。

「それはあくまで服務を優先した考え方だな。艦長」

ふたたび座りなおし、碧のほうに身を乗り出す。

「任務はどうなる？」

「任務、ですか？」

「そうだ。実働護衛艦としてのあおぎりの任務だ。いつ起こるか分からない不測の事態に備えて、護衛艦は常に高い水準の練度を保っておかねばならん。艦長の慣熟訓練が真っ先に行われるのもそのためだ。今、この瞬間にも有事が発生すれば、君はあおぎり艦長として全艦の指揮を執りただちに出港しなければならないかもしれんのだぞ。自艦の運動性能もろくに把握せぬまま、任務行動が取れるか？　あおぎりの能力を最大限に発揮できるか？」

試問に一言も答えられないのがもどかしい。

「いいか、艦長。もう一度言っておく。あおぎりは実働護衛艦だ。練習艦とは違う！」

最後の一言はとくに強く刺さった。

あおぎりは練習艦とは違う。

なまじ練習艦で艦長経験があるだけに、今回のあおぎり艦長拝命も「二艦目」という意識が強かった。しかし、考えてみれば実働護衛艦の艦長は今回が初めて。

つまり、私の実働護衛艦としての艦長経験はゼロなんだ。

考えの甘さを思い切り指摘された気がした。

「艦長、出港要領を」

後ろにいたはずの暮林副長がいつの間にか真横に出て控えていた。

ふり向くと、座間水雷長をはじめとする、前、中、後部の指揮官三名と曳船《えいせん》指揮の稲森船務長も真剣なまなざしで碧を見つめている。

碧はうながされるまま出港前のブリーフィングに移ろうとして、もう一度司令席のほうに向きなおった。

すると、司令席の向こう側に連なっている僚艦おいらせの艦橋でスッと動く人影が見えた。

目を凝らすと、同期のおいらせ艦長である小野寺が出入り口でヒョイと身をかがめ、ウイングに出てくるところだった。

おいらせの右ウイングからあおぎりの左ウイングまでの距離はわずか二メートルにも満たない。互いにウイングに出れば、立ち話さえできる距離だが、今、碧が立っているのはあおぎり艦橋の中でも右ウイング寄り。ここからさすがにおいらせの右ウイングまで声は届きにくい。しかも今は、堀田司令と重大なやり取りの最中だ。

堀田司令の背中越しに小野寺がなにか話しかけてきたとしても、応答できるような状況ではない。

その辺りはよく承知しているのだろう。小野寺はウイングのぎりぎりこちらまで出てきて足を止め、空に小さな四角を描いてみせた。

え？ 手先信号？

よく日焼けした面長の顔に、からかうような笑みを浮かべながら、小野寺は自身の右目の下に人差し指を当てた。

「見て来い」もしくは「見たか？」という、機関科員がよく使う手先信号だった。

今、大変なときなのに、なにを見ろっていうの？

半ばイラつきながらも、碧はその時ふと、訓示の前に小野寺からの伝言を預かっていたのを思い出した。

そうか。あのとき預かった伝言の紙。ちょうどあれくらいの大きさの四角だったな。

制服のポケットをまさぐると、小さな紙切れの感触が手指に伝わった。

これを見ろっていうわけ？

小野寺が「そう、それだ」とでもいうようにウイングから大きくうなずいている。

このメモ書きなら、もうとっくに見ていた。

――本日の日没一八〇九

そう書いてあった。しかし、日没の時刻などわざわざ小野寺から教えてもらわなくても、自艦で容易に調べられる。

当直員に持たせることを考慮して、わざと誰に見られてもよいメッセージにしたのか？ それなら、あのメッセージの真意とは？

忙《せわ》しなく頭の中を動かす。

ふと、一つの仮定が思い浮かんだ。もし、小野寺があの時点ですでに、あおぎりで起きた服務事故を伝え聞いていたとしたら？

同期でも艦長経験からすると小野寺のほうが上だ。自身の経験からして、今、あおぎりの艦橋で展開されているような議論を、あらかじめお見通しだったとしたら？

おそらくはなにも知らずに着任したであろう新任艦長に、艦長の取るべき最善策をアドバイスしようとしたとしてもおかしくない。

すなわち、「今日の日没は一八〇九だから、それを踏まえて今後のことを判断しろ」と。

護衛艦の出入港作業は日没を超えると一気にやりづらくなる。言うまでもなく周囲が暗くなるからだ。緊急時でもないかぎり夜間の出入港は避ける。逆に言えば日没までに入港できれば問題はない。

つまり。

訓練に要する時間等を逆算して、日没までに帰ってこられるギリギリの時間まで出港を遅らせるという手があるわけだ。ギリギリまで内海三曹の捜索にあたり、帰艦を待ってから出港するという手が……。

堀田司令の指摘するとおり、新艦長としては一刻も早く自艦の運動性能に慣熟しておく必要がある。その観点からすると、出港の取り止めはそれだけ慣熟訓練が遅れるので、よろしくない。だが、出港時間を遅らせるだけであれば、本日中に慣熟訓練が実施できる。

小野寺は自身の艦長経験から「俺だったらこうする」というヒントを提示してくれたにちがいない。

一つの判断材料として日没時間は重要な要素だったのだ。

ようやく気付いたときには、いつの間にか小野寺はウイングから姿を消していた。

碧はふたたび逆光の中の堀田司令に視線を戻し、きっぱりとした口調で意向を告げた。

「司令、本艦は本日中に出港し、慣熟訓練を行ないます。ただし、日没までに帰投できるよう出港時間を遅らせ、ぎりぎりまで未帰艦者の捜索を行ないます」

艦橋内に軽いどよめきが起こった。

堀田司令は「ほう」とあごを撫《な》でた。

「待ったからといって必ず見つかるわけではないぞ。それでもわざわざ出港時間を遅らせて捜すか？」

「はい、捜します」

これは艦長としての意向であるとともに、碧の本心でもあった。

「正直、一名欠けても本日の出港自体に差し障りはないかもしれません。しかし、その一名の所在安否が不明の今、ただちに見捨てて出港するのは今後の本艦の士気に関わります。あおぎり総員一七〇名の命を預かる艦長として、乗員一名の命も艦の任務もどちらも軽んじられません。ぎりぎりまで捜し、待ちます」

今度は艦橋当直員総員の注意が堀田司令の返事に向けられる。

堀田司令はまたサッと脚を組みなおした。

「そうか。分かった」

意外にもあっさりとした返事だった。

堀田司令もあるいは碧と同じ考えでいたのかどうか。それは分からない。しかし、とにかく「ぎりぎりまで捜す」という方針は固まった。

「副長、出港を遅らせます」

各部指揮官を従えた暮林副長は碧の言葉を受け、姿勢を正した。だが、その表情は依然として厳しいままだった。稲森船務長はその横で申し訳なさそうに顔を赤らめ、口元を引き結んでいる。

「通信士、訓練に要する時間等を考慮して日没までに入港できるよう出港時間を調整して知らせ!」

遠藤通信士は「はいッ」とはじかれたように姿勢を正し、海図台に向かって計算を始めた。

2

「艦長入られます。気を付け!」

WAVE居住区内の海曹士寝室の入り口で先任の岬二曹が凛《りん》とした声を張ると、それぞれのベッドの前に立っていたWAVEの乗組員たちが一斉に姿勢を正した。

「あ、いいから、いいから。楽にして」

いそいそと入室しながら、碧は久しぶりに足を踏み入れたWAVE居住区に懐《なつ》かしさを覚えた。

WAVE居住区はどの艦でも独立した区画となっており、女性しか立ち入りできない場所だ。

碧が直接WAVE居住区に足を踏み入れることにしたのは、そもそも男性の分隊長・分隊士によるWAVE分隊員の身上把握には限界があると感じたからだった。稲森船務長と大久保船務士による、要領を得ない応答にやきもきしているよりは、女性艦長の立場を活《い》かして、直接踏み込んだほうが早い。

遠藤通信士に計算させた新たな出港時間まであと三時間あるかどうか。すでに艦外捜索の人数は増やし、捜索範囲も広げてある。あとは、この捜索網に内海三曹が引っかかってくれるのを祈るばかりだが、できれば「ここだ」というピンポイント情報が欲しい。最悪の事態となる前に……。

あおぎりのWAVE居住区は大きく分けて三つの区画で構成されていた。一つはWAVE幹部の個室で、こちらは現在空室。もう一つはトイレ、洗面所、洗濯室、浴室が一まとめとなった水回り区画。そして今、あおぎりのWAVE総員が集合している寝室区画である。

一六畳ほどのスペースに三段ベッドが四台。ベッド以外のスペースはすべて通路であり、ベッドの上と個別のロッカーだけが唯一《ゆいいつ》のプライベートという節制されつくした区画だ。

「内海三曹のベッドは?」

「はい。こちらです」

岬二曹が手で差し示したベッドは部屋のほぼ中央部にある三段ベッドの最下段だった。

ピンと張られたシーツの端に毛布がきちんと折りたたまれ、その上に枕《まくら》が載せてある。基本に忠実なベッドメイクで、取り立てて気になるところは見当たらない。

「ロッカーは？」

「はい。さきほど応急工作の乾《いぬい》士長に開錠させよってです。開錠させてから誰も中を開けとりませんけえ。あちらです」

内海三曹のロッカー開錠は、あらかじめ碧が命じておいた。本当はこんなことはしたくないが、捜索のためとなれば仕方がない。幸いWAVEの中に応急工作員がいたのはよかった。

「了解。じゃ、開けます」

WAVE居住区の個人ロッカーはだいたい横幅六〇センチ×高さ一七〇センチほどのもので、それぞれのロッカーの上には洗面器が置かれている。たいてい洗面器の中に個人のボディソープやシャンプーなどが入っているので、入浴時は洗面器ごと持って水回り区画へと移動する。

内海三曹のロッカーの上にも「内海」と書かれた洗面器がきちんと置いてあり、とても失踪《しっそう》中の乗組員のロッカーには見えなかった。

思い切って開けてみると、作業服や制服一式がきちんとかかっており、私服も何枚か用意されていた。黒のジャケットや紺のカーディガンといった上着の類で、どれもベーシックなデザインのものである。あとは、置き傘にしていると思われる水色の長傘が一本。

ロッカーの扉の裏側のフックに小ぶりなサイズのトートバッグが掛けてあり、この中に制汗スプレーや日焼け止め、リップクリーム、コーム、ヘアゴム、といった、いわゆる女性必需の小物類がコンパクトに収められていた。

失踪後に開錠されることを想定して前もって整えたような印象はとくに感じられなかった。本日もいつもどおり帰艦して、ここで着替えをして一連の艦長交代行事に参加するつもりだったのではないか。そんな気がしてならない。

「昨日の内海三曹の様子になにか変わったところはなかった？」

ベッド脇《わき》に整列しているＷＡＶＥたちは一斉に顔を見合わせ、無言で首をひねるばかりだ。岬二曹がたまりかねたように、ようやく口を開いた。

「内海三曹は誰とでもうまいこと付き合うかわりに、誰にも本心を見せんゆうところがありますけえ。じゃけん、昨日の感じじゃあ、とくに普段と変わらんかったように思います。『山崎前艦長の離任を『残念じゃ』言うとりました」

先任の言葉にほかのWAVEたちもうなずき始めた。

「まさか前艦長にお別れするのが辛《つら》くて帰艦できなかったとか？」

「いえ、さすがにそれは。むしろ、前艦長に感謝しよるんなら、ちゃんと帰艦してお見送りすべきじゃったゆうて思いますけえ」

岬二曹の物言いには先任らしい厳しさが滲《にじ》んでいた。

碧は改めて、内海三曹の識別写真に目を落とした。

細面の、いわゆる狐《きつね》顔である。一見地味だが、きちんとメイクすればかなり化粧映えしそうな整った顔立ちだ。

ただ、後ろで一つにまとめた髪型から顔回りに垂れた後れ毛が、せっかくの顔立ちをやつれて疲れた印象に見せてしまっている。「写真写りが悪い」とはこういうことをいうのだろう。

ま、実物はこの三割増しくらいの美人なんだろうな。

碧は質問を変えた。

「内海三曹には彼氏というか、その……、誰か個人的に付き合っている人はいないの？」

WAVEたちはまた顔を見合わせ、気まずそうに黙っている。

「どう？　岬二曹？」

岬二曹は「また私か」といった表情を浮かべ、仕方なさそうに口を開いた。

「さあ……。内海三曹には秘密主義なところがありますけえ、ほんまのところはよう分からんですけど、まあ、そういう人はおらんように思います」

「本艦の乗組員の中にも？」

今までの艦艇勤務の経験からして、同じ艦に勤務する乗組員同士で付き合ったり、結婚したりというパターンは少なくない。聞きにくいところではあるが、ここはしっかり聞いておかねば、と碧は食い下がった。

「そうですね。何名か内海三曹にアタックした者もおったようですけど、みんな撃沈したゆうて聞いとります」

撃沈か。

写真ではおとなしそうな印象だが、内海三曹はしっかりと自分の意志を持った女性なのだろう。

「じゃ、逆に内海三曹が苦手にしてた人物っているの？」

WAVEたちの視線が一斉に岬二曹に集まったが、岬二曹が睨《にら》みを利《き》かせると、皆うつむいてしまった。

「あの、うちの電測員長と内海三曹は折り合いがよくなかったように思います」

静まった空気の中、おずおずと発言してきたのは内海三曹と同じ電測員の南《みなみ》士長だった。伸ばしかけのショートカットの髪を耳にかけた、賢そうな顔つきのWAVEである。

「そうそう。目の敵《かたき》にされてるみたいな感じでしょうか」

相槌《あいづち》を打ったのは、おそらく南士長と同期であろう航海科の桃井《ももい》あすか士長だ。こちらは伸ばしかけの髪を無理に後ろでひとまとめに束ねており、後ろに飛び出した髪がさながら雀《すずめ》の尾羽のようだった。

電測員長……。ああ、例の「機器は問題ありません」の一曹か。

碧は野庭一曹のガラガラ声と色付き眼鏡を思い浮かべた。

「内海三曹の今回の未帰艦に電測員長が関係してるのかな?」

WAVEたちはまた一斉に顔を見合わせ、黙り込んだ。

いろいろと言いにくいところもあるのだろう。しかし、たんに電測員長とうまくいかないから帰艦しないというような、単純な問題でもなさそうだ。

いずれにせよ、今は内海三曹の居場所を突き止めるのが先決だ。

「じゃあ、みんな。分かる範囲でいいから、艦外で内海三曹が行きそうな場所をどんどん挙げてみて」

最初のうちこそ遠慮がちだったものの、南士長が「市立図書館」と発言したのを契機に次々と意見が挙がった。

市内のカフェや美術館、健康ランド、インターネットカフェ、等々。

しかし、意外にも内海三曹と艦外で個人的に交遊しているWAVEは一人もいなかった。したがって、候補に挙がったのはあくまで内海三曹が行きそうな場所の候補であり、今まで内海三曹が実際にそこにいたところを見たという実例は皆無だった。もちろん、休日に内海三曹と一緒にそのような場所を訪れたという者もいない。

同じ艦に勤務するWAVE同士の付き合いとはその程度のものなのかと思う一方、内海三曹が特殊なタイプのWAVEなのかもしれない、とも思った。

「あ……。あと映画館です。艦長」

ひととおりの候補が挙がった後で、南士長が急に思いついたように高い声を上げた。

「呉の本通の奥に地味なミニシアターがあって、内海三曹はそこによく行くと言ってました」

「どんな映画館なの?」

「昔の名画とかちょっとマイナーな名作とか、独特なセレクト作品ばかり上映する映画館なんです」

顔の主要部が中心にキュッと集まった、まるで小動物を思わせる顔つきの南士長は早口でまくし立てた。

そもそも本通の奥に映画館などあっただろうか。

何年も前の艦艇勤務の記憶を辿《たど》りながら、そういえば、本通の商店街の突き当りで映画のポスターを見かけたのを思い出した。

たしか、古びたショッピングセンターの中にあったはずだ。「へええ、こんなところに映画館があるのか」と当時も思った記憶がある。

「なるほどね。ありがとう」

意見が出尽くしたところで、碧はWAVE居住区を後にした。

「艦長帰られます。気を付け!」

岬二曹の引き締まった号令が背中越しに聞こえた。

3

ふたたび士官室に戻ると、どうやら新たな事態が発生していた。

A卓の副長席で腕組みをする暮林副長の横で、坂上砲術士が気を付けをしてしきりになにか説明している。

坂上砲術士の後ろに連なる感じで、稲森船務長と大久保船務士が並び、二人とも前のめりになって、暮林副長と坂上砲術士のやり取りに聞き耳を立てている。他の幹部たちは遠巻きにA卓を見守っている。

碧の入室を認めると総員が姿勢を正した。

「どう？　なにか進展あった？」

真っ先に反応したのは坂上砲術士だった。

「はい。じつは僕の携帯に内海三曹から着信がありまして……。そのことに気が付いたのがさっきなんです」

色白の頬が紅潮して、一目で興奮しているのが分かる。

思いのほか大きな進展で、碧も思わず前のめりになった。

「ちょっと待って。着信したってどういうこと？　その前に内海三曹は砲術士の電話番号を知ってるの？」

「あ、はい。以前、一度僕の自転車を内海三曹に貸したことがありまして。返却の連絡をしてもらうために教えたことがあるんです」

それにしても、所属の第二分隊の分隊長・分隊士を差し置いて、わざわざ第一分隊の分隊士である坂上砲術士の元に電話をよこすとは。

「で？　いつ着信したの？」

「〇七五〇《まるななごーまる》です。もうすぐ旗揚げ（自衛艦旗掲揚）なので、バタバタしてましたし、基本、勤務中は携帯を部屋に置いたままにしてますので、今まで気が付かなかったのですが」

「ふん。じゃけえ、それじゃあ携帯電話の意味がなかろう、言うとるんじゃ」

副長席の暮林副長が呆《あき》れたように鼻を鳴らすと、坂上砲術士は首を垂れてうつむいた。

たしかに午前八時前の着信履歴に午後になってから気付くようでは遅い。しかし、坂上砲術士は艦の雑務いっさいを取り仕切る甲板士官だ。いちいち部屋に帰って携帯をチェックしている暇がないのは仕方がない。

「それで？　かけ直してみたんでしょうね？」

「もちろん、かけ直しました。でも、すでに電源が切られていたようで、内海三曹は出ませんでした」

暮林副長は大きなため息をつき、それに合わせるかのように、稲森船務長と大久保船務士もがっくりと肩を落とした。

重苦しい空気が士官室に満ちる。せっかくの進展だったのに、チャンスを活かせなかったのは残念だ。せめてもう一度内海三曹から着信があればと思うが、その可能性は低いだろう。

碧は黙って艦長席に着いた。

と、いきなり入り口のカーテンの向こうから「電測員長、野庭一曹入ります！」と、特徴のあるガラガラ声が響いた。

沈んだ空気に一瞬の緊張が走る。

「入れ！」

暮林副長が苦々しい表情で怒鳴ると、間髪入れずにシャッとカーテンが開いた。

野庭一曹は一礼した後、首を前に突き出し、探るような動作で入室してきた。

「船務長、ちょっとよろしいでしょうか？」

いかにも訳ありげに声を潜めて第二分隊長の稲森船務長を呼び出すところが、他の幹部たちの視線を意識した芝居のようにも感じられる。

「なんじゃ？　内海三曹の件か？」

暮林副長の問いかけに「ええ、まあ」ともったいぶり、「ええから、そこで話せ」と促されると、野庭一曹は、まるでそれを待っていたかのように話し始めた。

「じつはうち（第二分隊）の者で、今日の帰艦途中に内海三曹が呉駅のほうへ歩いていくんを見た、ゆう奴《やつ》が出てきよりまして……」

野庭一曹はそこで一旦《いったん》言葉を切ると、色付きレンズの入った眼鏡を光らせ、総員の顔色をうかがうようにぐるりと周りを見渡した。

新たな目撃情報に、その場にいた誰もが思わず顔を上げて野庭一曹を注視する。

野庭一曹は、じゅうぶんな間をおいてから、さらに深刻な口調で後を続けた。

「じゃけえ、今頃はおそらく電車で広島あたりに出よったんじゃなかろうか思います。今から捜索員に連絡して重点的に探させるつもりでおります」

「ほうか。じゃあ、内海三曹は今朝の段階ではまだ呉におったゆうわけか」

暮林副長の張り出した眉根《まゆね》が寄って、顔に険しい陰ができた。

「はあ、そうなりますかのう。前もって計画しよったんか、今朝になって急に思いつきよったんか知らんですけんど。それにしても、まあ、わざわざ艦長交代行事の日に行方くらますとは、ほんま、うちの内海もなにを考えよんのか」

色付きレンズの奥の目が、ちらりと碧のほうに走る。まるで「艦長が女に交代したせいだ」と言っているようにも取れ、碧は一瞬身構えた。

しかし、暮林副長はなにも感じていない様子で、「ああ、分かった。もうええ。引き続き捜索を強化せえ」と、追い払うように野庭一曹の言葉を遮った。

野庭一曹はまだなにか喋《しゃべ》りたそうにしていたが、有無を言わさぬ渋面に阻《はば》まれ、口をとがらせたまま出て行った。

「広島かあ。街に出られると探しにくいなあ」

稲森船務長が人の好《よ》さそうな丸顔を歪《ゆが》め、「なあ？」と隣にいる大久保船務士に相槌を求めるように首を向ける。

「そうですねえ。あれ？　でも、待ってください。今、思いついたんですが、そうすると、砲術士に電話をかけた時刻にはもう内海三曹は広島なりどこかへ移動した後ということになりますよね。つまり、内海三曹は移動先からわざわざ砲術士に電話をかけた、と」

「それがどうかしたのか？」

「いや、かりに内海三曹が逃亡したのだとして、逃亡後にわざわざ艦の関係者に自ら電話したりするでしょうか？」

目力の強い大久保船務士に詰められ、稲森船務長は急に目を泳がせた。

「それは……。やっぱり艦の様子が知りたくなったからじゃないのか？　自分の未帰艦が艦でどの程度の騒ぎになってるか、とか」

「電話をかければ『帰って来い！』って怒られるくらい分かるでしょう？　それに、自分の居場所が知られるリスクもあるんですよ」

「じゃあ、なにか緊急事態が起きたんだよ。だから、帰艦できないという連絡を入れるために」

「それだったら艦に直接かけませんか？　あるいは二分先《にぶんせん》（第二分隊先任海曹）の野庭一曹か班長、先任WAVEの岬二曹。もしくは分隊長・分隊士である我々にかけるんじゃないですか？　なのに、どうして砲術士なんですか？」

稲森船務長は言葉に詰まり、厳しい顔で天井をにらみ始めた。

「あの、よろしいでしょうか？」

しんとした空気を破ったのは、A卓の末席に陣取っていた佐々木補給長だった。黒縁メガネの奥から、いかにも計算高そうな目で士官室に詰めている面々の顔をぐるりと見渡している。

「なにかうしろめたいことがあるとき、誰でも当事者には直接言いづらいと思うんです。だから、できれば第三者にちかい立場の者の中から、言いやすそうな人物を探すと思うんですよね。つまり、人を見るわけですよ。この人だったら言えそうとか、この人だったら大丈夫そうとか」

「へええ、それで砲術士ゆうわけか」

佐々木補給長の向かいに詰めている三宅掌水雷士がはたと手を打った。

「ずいぶんと見込まれたもんじゃのう」

坂上砲術士が当惑した笑みを浮かべると、すかさず暮林副長のにべもない一言が飛んだ。

「なにを笑いよる。ようするに、貴様はＷＡＶＥの海曹にも軽く見られよるんじゃ」

坂上砲術士の表情がたちまち硬くなる。

一連のやり取りから、暮林副長と坂上砲術士の力関係が見えた気がした。

良くいえばボケとツッコミだが、直属の上官と部下では、そう単純な間柄というわけにはいかない。毎回この調子で頭を押さえつけられていては、坂上砲術士もさぞやりにくかっただろう。

「まあまあ、かりにそういう観点から内海三曹が砲術士を選んだのだとしても」

とりなすように合いの手を入れる。

「私も船務士が言うように、内海三曹が逃亡を狙《ねら》っていたとしたら、最初から艦の関係者に電話なんかかけたりしないと思うのよね。つまり、内海三曹は迷っていたんじゃないかな?」

一同の視線が一斉に碧に集まった。

「恐れ入ります、艦長。迷うとは、いったいなにを?」

いかにも「理解しかねる」といった様子の暮林副長に、一言ずつ区切るように説明した。

「このまま逃亡するか、思い直して帰艦するか、ですよ。副長」

暮林副長のみならず、他の幹部たちも揃《そろ》って唖然《あぜん》とした表情を浮かべた。

「なにを今さらそんな」

「そもそもどうして」

皆、それぞれ疑問を口にしながら、近くにいる幹部同士で顔を見合わせている。

碧は分かりやすく、言葉を選んで説明した。

「さっきWAVE居住区で内海三曹のロッカーを見てきたんですが、完璧《かんぺき》すぎるほどきれいにプレスされた制服が掛けてあったんです。どう見ても、あれは今日の艦長交代行事に備えて前日から用意していたとしか思えません。つまり、昨日の段階では内海三曹は今日の交代行事に参加するつもりでいた。だから、この逃亡は計画的なものではなく、今朝になって思い立った衝動的なものではないかと思うんです」

「なるほど。まあたしかに、これまでに起きた他艦での逃亡例でも、朝起きたら急に帰艦したくなくなり、そのまま逃げた……という話は聞かなくはありませんが」

佐々木補給長は、まだすべて納得したわけではなさそうだった。

暮林副長は苦虫をかみつぶしたような顔で黙っている。

碧はさらにたたみかけた。

「私はね、内海三曹はそんなに遠くまで行っていないと思うんです。戻ろうと思えばすぐにでも帰艦できる場所、つまり、まだ市内にいるのではないかと。だからまずは、私が内海三曹の借りているコーポラスに行って、部屋の中の手がかりを調べてみます」

士官室に一瞬、ぽっかりとした間が生まれた。

「お待ち下さい、艦長。今何とおっしゃいました？」

暮林副長が抑えた口調で尋ねてくる。

碧の言葉が聞き取れなかったはずはない。すべて聞き取ったうえで、非難の意を込めてわざと尋ねているのだ。しかし、碧は自らの考えを撤回するつもりも、修正するつもりもなかった。

「ですから、私が直接内海三曹のコーポラスに行って」

「あおぎりはどうされるんです！」

最後まで言い終わらぬうち、暮林副長は席から身を乗り出した。

「本艦はすでに試運転を済ませ、いつでも出港できる、待機の状態です。主機《もとき》を回したまま艦を放り出して、艦長自ら乗員の捜索に当たるなんぞ、そんな話は聞いたこともない。前代未聞《ぜんだいみもん》じゃ！」

暮林副長のあまりの剣幕にA卓の末席にいた三宅掌水雷士までもが、ビクリと上体を震わせた。

「あの、艦長。捜索でしたら我々が……」

稲森船務長が丸顔に汗を浮かべ、隣の大久保船務士とうなずき合って切り出す。

「そもそも今回の件は第二分隊の不祥事ですし」

所掌分隊の責任は所掌の分隊長と分隊士で取る、と言いたいのだろう。もっともな申し出ではあった。

　すると、それまで目を伏せていた坂上砲術士が急に顔を上げた。
「ちょっと待って下さい、船務長。不祥事って何です？」
　上品な眉毛をキッと吊《つ》り上げ、強い瞳《ひとみ》で稲森船務長を見つめている。
「分隊長がそんな言い方をするのは、いかがなものでしょうか？」
　静かな怒りを溜《た》めた口調だった。
「いや、砲術士。そこにそんな深い意味はないんだよ。僕はただ」
　稲森船務長の目があわてて泳ぎ始める。
　しかし、坂上砲術士は容赦なかった。それまでのおどおどとした調子から、急にな
にかのスイッチが入ったようだ。
「もしも、万が一、内海三曹がなにか早まって、僕の携帯の着信がお別れの着信にな
ってしまっても、船務長はそれを不祥事の一言で片づけてしまわれるんですか？　内
海三曹は目立つタイプの海曹ではありませんが、整備作業など、所掌以外の場所も積
極的に手伝っていましたし、艦のために常に率先して働いてくれていました。それは
甲板士官である僕がよく見て知っています。今回、内海三曹の身になにが起きたのか、
まだなにも分かっていないじゃないですか？　なのに頭から不祥事と決めつけるのは
どうなんでしょう。そんなの僕には耐えられませんッ」

発言している間に気持ちが高ぶってきたのか、今にも泣き出しそうな表情になっている。

分隊の体面、艦の体裁といったことは抜きにして、純粋に内海三曹の身を案じているのだということがよく伝わってきた。

「内海三曹がどういう理由で僕の携帯に電話をかけてきたのか分かりませんが、内海三曹に選ばれた以上、僕にも責任があります。もしかしたら、もう一度、かかってくるかもしれないですし。ですから、捜索でしたら僕が行きます。行かせてください、艦長」

稲森船務長と大久保船務士は呆気に取られたように坂上砲術士の顔を見つめ、棒立ちになっている。

「分かった」

碧は艦長席から静かに立ち上がった。

「私と砲術士で捜索に出ます」

暮林副長が呆れた顔で碧を見上げ、稲森船務長と大久保船務士は碧と坂上砲術士の顔を交互に見つめている。

碧は士官室全体に宣言するように言い放った。

「たしかに艦を放り出してまで艦長自らが捜索に出る必要はないという考えはもっともです。しかし、今回は艦長交代後初めての服務事故。これを機に『新艦長は今後一切、服務事故を許さない』『もしも服務事故が起きた際は徹底的に対処する』という姿勢を私は自らの行動であおぎり乗組員総員に示しておきたい。だから、私はあえて自ら艦外捜索に出ます」

今度は誰も異を唱えなかった。

「副長、後を頼みます」

暮林副長は返事をしなかった。身体《からだ》を小刻みに震わせ、必死に感情を抑えているかのようだった。

すると、出入り口のカーテンの奥から、いきなり滑舌のよい大きな声が響いた。

「行かせてやったらどうだ、副長」

カーテンを開けて悠々と入ってきたのは堀田司令だった。

「司令入られます!」

慌《あわ》てて注意喚起をする大久保船務士を手で制し、堀田司令は口元に笑みさえ浮かべながら、ゆっくりと自衛艦乗員服務規則を唱え始めた。

「『艦長は、その艦を離れるときは、必ず、副長または艦の保安および艦務の遂行を任せ得る適当な幹部を在艦させなければならない』つまり、艦長の留守を副長がしっかり守っておればあおぎりは安泰、というわけだ」

驚いている碧の前で道を開けるように手を広げ、出入り口のほうへ促している。碧が促されるまま艦長席を空けると、堀田司令は代わりにドサリと腰を下ろした。

「艦長が戻るまで、二人であおぎりの電話番でもするか。なあ？ 副長」

暮林副長は驚いた表情を浮かべながらも、まだ返事をしない。

「どうせここにいたって、艦長の仕事なんて、報告を待つか責任を取るくらいのもんだ。出港まで、残された時間は少ない。そこまで遠くに捜索に出るわけでもないだろう」

堀田司令はもの慣れたふうにサッと脚を組んだ。

「責任なんて、どこにいたって取れる。逆にいえば、どこにいようが最終的な責任は艦長が取らねばならん。艦長も重々承知の上での判断だろう」

「はあ」

暮林副長の口からため息とも返事ともつかない声が漏れた。

堀田司令は碧のほうを見て、「行け」と目で合図した。

ありがとうございます、司令。

碧は一〇度の敬礼をすると、踵《きびす》を返して士官室を出た。
坂上砲術士が小走りに後を追ってくる気配がした。

第五章 捜索

1

「あの司令と顔付き合わせて留守番とは、副長もやりきれんのう」

後藤先任伍長《ごちょう》が高笑いしながらハンドルを切ると、ひんやりとした革張りのシートの上で、カーブの向きと反対に身体《からだ》がわずかに滑った。

「あの二人、年齢は近いけんど、性格は水と油じゃけえ」

豪快な笑い声が、車内に流れているツィゴイネルワイゼンの跳ねるような旋律をかき消す。ハードロックのほうが似合いそうな風貌なのに、クラシックとは意外な選曲である。

未帰艦の内海三曹の捜索をするにあたり車両を探していると、呉に自宅のある後藤先任伍長が二つ返事でドライバーを引き受けてくれたのだった。

滑るように迎えに来た4ドアセダンのボディは手入れが行き届いており、ドアを開けた瞬間、白の革張りのシートがまぶしく目を打った。

あまり車に詳しくない碧でも、ずいぶんと内装に金をかけた車だと分かる。座っただけで背筋が伸びる思いがした。

こういうのをヤンキー仕様というのだろうか。いかにも後藤先任伍長らしいといえば後藤先任伍長らしい車だが。

こんなところでうっかり飲み物でもこぼしたらどうなるのだ。いや、そもそも飲み物を飲みながら運転するような車ではないのだろうな。

碧は落ち着かない思いでシートに座り直した。

「わしゃあ、運転荒いけえ、シートベルトしよっても、どっか捕まっときんさいや。のう？　砲術士」

後藤先任伍長は助手席の坂上砲術士にうながした後、「艦長も」とバックミラー越しに後部座席の碧を見た。

うなずくそばから、後藤先任伍長の黒のアコードはまたグッと加速して、呉地方総監部の庁舎前のなだらかなカーブを曲がり切った。あっというまに呉教育隊の前の通りに出て、敷地内にある白いかまぼこのような形状の建物が見えてきた。

「自衛官候補生募集」のポスターが、そこかしこで目を引く。

「それにしても、艦長自ら捜索とは思い切りましたなあ。よほど内海を見つける自信があるんかのう」

後藤先任伍長が片眉《かたまゆ》を上げ、口元をニヤリと歪《ゆが》ませてバックミラー越しに碧を見た。とっぽい顔立ちと相まって、人をからかっているようにも見えなくはない。思えば、後藤先任伍長がまともに目を合わせてくれたのはこれが初めてだった。

分隊点検、艦内点検の先導で顔を合わせたときは、いかにも形式的であり、碧のほうを向いてはいても、目は碧を見ていなかった。

「正直、見つけられる自信なんてありませんけど」

碧は思ったままに白状した。

それでも唯一《ゆいいつ》の希望は、坂上砲術士の携帯電話の着信だった。士官室で坂上砲術士からの報告を聞いた瞬間、碧はなぜか「内海三曹は迷っている」と確信した。もっといえば、「内海三曹は帰るタイミングを探している」と。

内海三曹は意外に近いところにいる気がしてならない。早くみつけてやれば助かる率は高いが、時間が経《た》てば経つほど見つけにくくなり、内海三曹を最悪の行動にさえ追い詰めかねない。

「艦長交代後、早々の服務事故ですからね。やはり、艦長としてのけじめを示しておかねばと思いました。あのまま士官室でやきもきして報告を待っていても埒《らち》が明かないですしね」

「なるほど。まあ、『指揮官先頭』は旧海軍時代からの伝統じゃけんのう。おかげでわしも、こんな別嬪《べっぴん》さん乗っけてドライブできて、ええ役得じゃあ」

「あら、なにも出ませんよ。先任伍長」

後藤先任伍長はまた豪快に笑ってアクセルを踏み込んだ。

助手席の坂上砲術士があわててアシストグリップに捕まる。

「なあにをビビりよるんか、砲術士」

「だって、さっき『捕まっときんさい』って言ったじゃないですかぁ」

士官室で稲森船務長を糾弾したときの勢いが嘘《うそ》のようだ。

退職希望者として山崎前艦長から預かった爆弾。不安定でじつに危なっかしい青年だが、山崎前艦長が「まだ説得の余地はある」と判断した理由と、内海三曹がわざわざ最後の連絡相手に彼を選んだ理由は、もしかしたら同じところにあるのかもしれない。

ピンチはチャンス。

未知の爆弾がどれほどのものか。場合によっては、この艦外捜索はそれを見極めるチャンスにもなる。

どっちも捕まえてみせるわよ。

碧は革張りのシートの上で滑る身体を起こし、膝《ひざ》の上で拳《こぶし》をギュッと握りしめた。

2

内海三曹の借りている亀山《かめやま》コーポラスは、蔵本通から少し外れた亀山橋の付近にあった。

呉線の高架すれすれのところに建てられた年代物の物件で、なかば風化したような四階建ての建物である。一見したところ、日当たりもすこぶる悪そうだ。

後藤先任伍長を車内で待たせ、大家と交渉の末に預かった合鍵《あいかぎ》で三階の部屋を開ける。すると、いきなり湿気た臭《にお》いが鼻をついた。

「なんというか、とても二〇代の独身女性が住むところとは思えないですね。よりによって、どうして内海三曹はこんな物件を……。日当たりが悪いというより、これじゃあ、ほとんど日が当たってないじゃないですか」

坂上砲術士は足を踏み入れるなり、上品な眉根を寄せて顔をしかめた。

「真昼間から電気を点《つ》けなきゃなにも見えないなんて、精神衛生上、よくないですよ」

昔ながらの2Kの間取りは、玄関を入ってすぐに左側が風呂《ふろ》、右側がトイレとなっており、一人が立てば一杯になってしまいそうな靴脱ぎ場には、泥付きのにんじんやじゃがいも、玉ねぎなどの根菜類が段ボール箱に入って無造作に置かれていた。

「内海三曹のご実家は農家さんなのかな？」

「さあ、どうでしょうか。たしかご両親は離婚されて、内海三曹はお母さんに育てられたと聞いてますが。それにしても、こんなにたくさんの野菜、どうしたんでしょう。なんだか、畑で採って来たばかりみたいに見えますが」

坂上砲術士も段ボール箱の中の野菜に目を落とし、首をひねっている。

「実家から送られてきたわけじゃないとすると、わざわざ近くで買ったのかしら」

「いや、海曹士は基本艦内居住ですから、よほどのこだわりでもないかぎり自炊なんてしないでしょう。それに、北永料理長の作る飯はうまいですからね」

しかし、薄暗いキッチンの明かりをつけると、鍋釜《なべかま》一式をはじめ一通りの調理器具が揃《そろ》っており、碧と坂上砲術士は思わず顔を見合わせた。

「艦長、蒸し器までありますよ」

キッチンと呼ぶより台所と呼ぶほうがふさわしいレトロな流し台には二つ口のガスコンロがあり、その片方に蒸し器が出しっぱなしになっていた。

「さつまいもでも蒸《ふ》かしてたのかな」

「そんな感じですね。たしか、段ボールの中にさつまいもも入ってました」

「案外、充実した自炊ライフを送ってたのかもね」

碧は識別写真に写った内海三曹の繊細そうな狐《きつね》顔を思い浮かべた。

「へえ、こっちにはこたつかあ。２Ｋだから一人で住むにはゆとりがありますね。でもこれだけ古いと新築のワンルームより安いかもしれませんよ」

坂上砲術士はキッチンとつながっている二部屋の和室に足を踏み入れていた。

「いまどき、こんな造りの窓がまだあるんですねえ。肘掛《ひじか》け窓っていうんですか、これ。手すりの位置低すぎて危ないなあ。うっかり落っこちちゃうじゃないですか」

たしかに突き当りの四畳半部屋の西側の壁一面に大きな窓が付いており、ここを開け放って身を乗り出したら落ちてしまいそうな危うさがあった。

カーテンは付いておらず、ハンガーにかかった何着かの私服がカーテン代わりのようにカーテンレールにかけられている。

窓を背にして一六インチほどの小型テレビが置かれ、部屋の真ん中には正方形のこたつが置いてあった。どうやら内海三曹は主にこのこたつ部屋で生活していたようだ。内海三曹がいつも座っていたと思われる側には座椅子《ざいす》がセットされ、その脇《わき》に小さなゴミ箱がある。

こたつ机の上には百均の店で買ったと思われるプラスチック製のスタンドミラーや簡単なメイク道具、テレビのリモコンなどが端に寄せて置いてあった。

しかし、目を引いたのはそれらの日用品ではない。机の上一杯に広げられている、手作りの布小物たちだった。

「何ですかね、これ。ティッシュケースに巾着袋《きんちゃくぶくろ》？　しかも、こんなにたくさん。手芸が趣味なんですかね？」

坂上砲術士が驚くのも無理はなかった。単なる趣味にしてはあまりに熱が入り過ぎている感じがする。

「ネットショップでも開くつもりだったんでしょうか？」

「いや、商売目的じゃないと思う。だって……」

碧は色とりどりの〝作品群〟の中から一つの巾着袋を取り上げた。小学生がよくランドセルの脇にぶら下げている、給食用のナプキン入れにちょうどいいくらいの大きさである。

「これ全部手縫いだよ。商売にするには効率が悪いんじゃないかな」

「ああ、そういえば、ミシンが見当たりませんね。やっぱり、一人でチクチクとやるのが好きだったんですかねえ」

艦の人間とほとんど付き合いはなく、艦からまっすぐコーポラスに帰ってきて完璧《かんぺき》に自炊し、ひたすら手縫いの布小物づくりに没頭する二〇代の女性の生活を想像してみる。

「まあ、一人で黙々とやる作業には瞑想《めいそう》に似た効果があるといわれてますが」

蘊蓄《うんちく》を述べながらも、坂上砲術士自身はそうした瞑想効果にまったく共感できない様子だった。

それから二人でしばらく部屋の中を調べたものの、書き置きのようなものは出てこなかった。

「あとは、こちらの部屋ですね。艦長」

こたつ部屋のとなりの六畳の和室は寝室で、寝るとき以外は使われていない感じがした。

部屋の隅に和式の布団《ふとん》一式がたたんで積んであるほか、家具らしいものはなにも置かれていない。

うす暗くガランとした印象の部屋で、狭いベランダ付きの掃き出し窓があるものの、隣の建物との距離が近すぎて、日差しはほとんど入ってこなかった。

部屋の電気を点けたとたん、ふいに人の視線を感じて目をやると、殺風景な和室の壁にオードリー・ヘプバーンの顔が大写しになっているカレンダーが画鋲《がびょう》で留めてあった。

「ああ、びっくりした。誰かいるのかと思った」

驚く碧の横で、坂上砲術士はカレンダーに歩み寄ると「あれ？」と声を上げた。

「このカレンダー、一月のままですね。もう四月なのに」

カレンダーは月ごとに上にめくりあげていくタイプのもので、上に写真、下に月ごとの日付と曜日が並べられている。

一月の写真は、すっきりとしたデコルテを強調するようなドレス姿でティアラをつけたオードリーがにっこりと微笑《ほほえ》んでいる。

映画『ローマの休日』の冒頭の華やかな舞踏会シーンから取ったものだ。

他の月をめくってみると『麗《うるわ》しのサブリナ』、『昼下りの情事』、『ティファニーで朝食を』などといった、いずれもオードリー主演映画からのワンシーンを取り上げており、カレンダー全体がオードリーの写真集となっていた。

「内海三曹は一月のこの『ローマの休日』の写真が一番気に入ってたんじゃない？」

「ああ、そうか。なるほど」

坂上砲術士は合点が入ったようにうなずいた。

「カレンダーとしてじゃなく、お気に入りのオードリーを眺めるために飾ってたんですね」

二人は往年の大スターに見入った。

「僕、なんとなく内海三曹が『ローマの休日』を選ぶ理由が分かる気がするなあ」

しばらくして、坂上砲術士がしみじみとつぶやいた。

「それまで無名だったオードリーの、いわゆるブレイク作品だものね。今見ても、初々《ういうい》しくて新鮮」

「ええ、もちろん、それもそうなんですが、『ローマの休日』って、ひとときの〝自由〟と〝解放〟の物語じゃないですか」

「まあ、窮屈な王室を脱出した王女様が束《つか》の間《ま》の自由を満喫するストーリーだからね」

「そうです。まさにそこです。内海三曹はそこの部分に共感したんじゃないでしょうか?」

碧はふと思い当たった。

「まさか、窮屈な艦艇勤務を脱出した電測員が束の間の自由を満喫する、みたいな?」

「あり得なくはないですよね?」

坂上砲術士の端正な横顔の口角がキュッと上がる。

「いや、だけど、それはあくまで映画の話だから」

「内海三曹だって若い女性ですよ。急に映画みたいなことをやってみたくなったとしてもおかしくないんじゃないですか」

写真の中のオードリー・ヘプバーンから目を離し、坂上砲術士は「どうです?」とキラリと光る目で碧を見た。

たしかに計画的な逃亡ではないだろうとは碧も思っていた。

しかし、なにも艦長交代の日にそんな映画みたいな思いつきを実行しなくたっていいではないか。

いや、艦長交代の日だから、から実行したのか?

実際に会ったことのない、二六歳の女性電測員の気持ちを懸命になぞろうとしていると、いきなり携帯の着信音が響いた。

とっさにポケットに手をやったが、鳴っていたのは碧の携帯ではなく、坂上砲術士の携帯だった。

もしかして、内海三曹から二度目の着信か？

坂上砲術士と思わずうなずき合う。

しかし、ポケットから携帯を取り出した坂上砲術士の表情を見て、碧はすぐにその着信が内海三曹からのものではないと悟った。

「あ、はい。砲術士です。ええっと、現在、内海三曹のコーポラスを捜索中です」

坂上砲術士は姿勢を正し、難しい顔で腕の時計に目をやった。

「はいッ。もちろん、承知しています。はいッ、大丈夫です。艦長に伝えます。はいッ、失礼しますッ」

誰からの電話かはだいたい分かった。

「副長？」

「はい。見つかる見込みはあるのか、と」

坂上砲術士は口元を引き締め、急に厳しい面持ちになった。

「艦長、出港まで二時間を切りました。部屋の捜索はここまでにして、外を当たりましょう」

坂上砲術士の言うとおりだった。ここにいていつまで分析をくり返していたところで、内海三曹の身柄は確保できない。

最後にもう一度オードリー・ヘプバーンの写真に目をやり、碧はうなずいた。

3

「なあにが『ローマの休日』じゃ！　内海め、ふざけよって！」

車内に戻り、坂上砲術士から話を聞くなり、後藤先任伍長は憤慨した大声を上げた。

「どうせ男のところにでも身を隠しよるんじゃろ」

「いえ、先任伍長。内海三曹にそんなお付き合いをしている人はいないそうですよ」

「誰が言いよった？」

「岬二曹です」

後藤先任伍長は「ふん」と鼻を鳴らし、「岬になにが分かる」などとボヤいていたが、「まあ、内海は変わり者じゃけんど、根は真面目じゃけんのう」と独りごちた。

「で、艦長は、内海はまだこの近くにおると思いよるわけですか？」

「ええ、WAVEたちから、この辺で内海三曹が行きそうな場所を聞いてきたので、三人で手分けして片っ端から当たっていきましょう」

本通やれんがどおりの商店街は通りを車で流すより、一軒一軒、店に入って中を確かめたほうが確実だ。後藤先任伍長のアコードをコインパーキングにとめ、碧たちはそれぞれ担当する捜索エリアと、落ち合う時間を決めて別れた。

護衛艦は出港の一五分前には各部で航海当番を配置につける。遅くとも、この航海当番が配置につく前には艦に戻り、艦長席で「配置よし」の報告を受けたい。

商店街からFバースまで戻るのに一五分かかるとして、逆算すると、捜索に費やせる時間は正味一時間半というところだ。

あと一時間半で内海三曹を見つけ出せるのか。

正直、自信はなかった。そもそもまだ呉の街にいるのかどうかもたしかではない。野庭一曹の言ったように、電車で広島あたりに出ている可能性だってゼロではないのだ。

しかし、着任したばかりの艦を、主機を回したまま副長に任せて飛び出してきた以上、何としても内海三曹を連れて帰艦しなければならない。

いる。内海三曹は絶対にまだこの近くにいる。

碧はなかば自身に言い聞かせるようにして早足で街を歩いた。

旧海軍時代に「海軍の街」として栄えた呉には「海軍さん」を拝した名前の店も多い。

れんがどおりの手前には「海軍さんの珈琲《コーヒー》」として有名な昴《すばる》珈琲店の本店があり、旭日旗《きょくじつき》のデザインをあしらったのぼり旗が店の前でたくさんはためいていた。

前を通ると焙煎《ばいせん》した珈琲豆の香りがふわりと漂ってくる。

れんがどおりのアーケードをくぐると、オレンジ色のレンガを敷き詰めた通りの両側に、ながながと商店街が続いていた。

ドラッグストア、コンビニ、ファストフード店やパチンコ店が並ぶなか、昔ながらの店構えの小売り店や書店も点在している。

「まずはカフェ」

碧はあちこちに目を配りながら、WAVEたちから候補に挙げられたカフェを一軒ずつ巡っていった。

最初の昴珈琲店はカフェというより珈琲豆の量り売りが主なので、店舗に入って一目で内海三曹はいないと分かった。

コーヒーの試飲を勧めてきた店員に念のため内海三曹の識別写真を見せて尋ねてみ

たが、首を捻《ひね》られるばかりだった。

席数が多かったり、入り組んだ造りのカフェは店内を一目で見渡せないため、捜すのに手間がかかる。

だいいち店員に断ってから入店しないと、不審者と間違われる。そもそも内海三曹と直接面識がないことが痛かった。向こうから先に気付かれて逃げられる心配はない反面、こちらからも気付きにくい。

男性自衛官であれば、私服姿でも全身から漂ってくる雰囲気と髪型からすぐに同業者と分かるが、女性自衛官の場合、髪を下ろしただけでガラリと雰囲気が変わってしまう。

頼りとなるのは識別写真だが、こういった顔かたちの女性は多いうえ、写真から拾える特徴にはやはり限界がある。

似たような女性は何人か見つけたが、じっと見ていると向こうから不審げな目で見られたり、あからさまに「何でしょうか？」と詰問《きつもん》されたりして碧は捜索の難しさを実感した。

やはり坂上砲術士か後藤先任伍長と一緒に捜すべきだったと後悔しながらも、一軒一軒、根気強く見て回り、カフェ以外にも通り沿いにある書店やドラッグストア、雑貨屋なども一通り中を覗《のぞ》いていった。

アイスクリーム店の前に並んでいる女性客の列を見たときは、ふいに『ローマの休日』で歩きながらジェラートを口にするオードリーの姿を思い浮かべたが、残念ながらその列の中に内海三曹に似た風貌の女性はいなかった。

こうして、とうとう商店街の突き当りまで来たころにはすっかり絶望的な気持ちに陥っていた。しかし、まだ本通の奥のほうをあたっていない。とりあえず、れんがどおりから本通に抜けて歩を進めると、奥の古びたショッピングセンターの入り口に高々と掲げられている映画のポスター看板と上映スケジュールが目に飛び込んできた。

「へぇえ、ヘプバーン特集か」

碧は吸い寄せられるように、そのポスター看板を見上げた。

――呉の本通の奥に地味なミニシアターがあって、内海三曹はそこによく行くと言ってました。

WAVE居住区の寝室での南士長の言葉がよみがえる。

南士長の言っていたミニシアターとはこのショッピングセンターの中にある映画館にちがいない。内海三曹はここの常連なのだ。

もしかしたら今、観《み》ている可能性だってある。

碧は上映スケジュールから腕のセイコー・ルキアに目を移した。

まもなく第一回目の上映時間が終わろうとしている。

もし内海三曹がこの回の映画を観ているとすれば……。出口付近で待ち構えていれば、捕まえられるだろうか。

碧はとっさにポケットから携帯を取り出していた。

「もしもし、砲術士？　今、どこにいる？」

4

未来座はスクリーン数が一つ、総座席数わずか四八席の本当にこぢんまりとした映画館だった。

ショッピングセンター二階の衣料品売り場の中を通り抜けたところに館内入り口の扉があり、入り口を入ってすぐが受付でその隣にパンフレットや関連書籍、グッズなどの物販コーナー。その奥には未来座という名前に逆行した感じのアンティーク調のソファベンチが置かれており、ロビーの床はどこか懐《なつ》かしい市松模様となっていた。

スクリーン席への出入り口扉はソファベンチの横の一ヶ所だけ。つまり、この出入り口扉と、ショッピングセンターに通じる出入り口の二ヶ所を見張っておけば、中から出てきた内海三曹を捕まえられる確率は高い。あくまで内海三曹が中にいれば、の話ではあるが。

碧と坂上砲術士はどちらの出入り口も視界に入る受付の前に陣取り、第一回目の上映時間が終わるのを待つことにした。

上映中の映画は『パリの恋人』。

万が一の場合に備えては、ショッピングセンターの一階の出口付近から本通に出る位置に後藤先任伍長を配置している。

「もし、これで内海三曹が出てこなかったら、第二案が必要となってきますね。艦長」

坂上砲術士はスクリーン席の出入り口扉を確認しながら、いつの間に入手したのか五〇〇ミリリットルのペットボトルに入ったミネラルウォーターを口に含んだ。

「そうね」

正直なところ、碧は第二案をまだ考えていなかった。時間的にもこの映画館が最後の賭《か》けであり、最後の砦《とりで》だった。ここで駄目だったらあきらめようとさえ思っていた。

「その後、内海三曹からの着信は?」

「ないですね」

「そう」

上映時間の残りはあと五分程度。静かなロビーに、かすかに映画音楽の音が漏れていた。

「砲術士、ひとつ聞いてもいいかな?」

今は内海三曹の件に集中すべきだとは思いながらも、かねてから気になっていたことが思わず口をついて出た。

「山崎前艦長から聞いたのだけど、砲術士は副長を飛び越して、いきなり山崎前艦長に退職を申し出たんだって?」

坂上砲術士は不意打ちをくらったように目を見開いた。

「副長とはうまくいってないの?」

視線を泳がせ、こうした場合どのように答えるのが適当か、懸命に考えているようだ。

「副長と僕とでは根本的にものの見方、考え方が違うといいますか……。よく『貴様はどうでもええことばかり気にしよる』って怒られています」

まあ実際、そのとおりなのだろう。

碧はさらに踏み込んだ。

「副長に限らず、他の幹部でも、乗員であっても、士官室や艦全体に不満があるとか圧力を感じるとか、あおぎりにはそういう雰囲気があったりするの？」

坂上砲術士はしばらく考えている様子だったが、やがて「いえ、とくにありません」としぼり出すような声を出した。

「じゃあ、退職希望の理由は何なのかな？」

坂上砲術士はまたペットボトルを傾けると、難しい顔でロビー内に飾られたポスターを睨《にら》んでいる。

どうやら、未来座ではしばらくオードリー・ヘプバーンの特集を組むらしく、次回は『尼僧物語《にそう》』、その次は『ティファニーで朝食を』の上映が決まっているようだった。修道女の僧服に身を包んだオードリーとジバンシィのシックなブラックドレスに五連パールとダイヤモンドのネックレスをつけたオードリー。二つの対照的なポスターが並んでいる。

「オードリーは、今見てもこんなにきれいでチャーミングなのに、じつは四角い自分の顔がずっとコンプレックスだったようですね」

やがて、坂上砲術士がポツリと口を開いた。

「僕は自分の名前がずっとコンプレックスでした。今も、です」

「光輝だったよね？　いい名前だと思うけど？」

「いや正直、重いです。だって、光り輝く、ですよ。親が横山光輝《よこやまみつてる》の大ファンで、正確に言うと横山光輝の『三国志』の大ファンで、それにあやかって付けたらしいんですけど、僕の場合、負けてます。完全に名前負けです」

　坂上砲術士の口からまさか昭和を代表する漫画家の名前が出てくるとは思わなかった。しかし、それにしても聞き捨てならないカミングアウトだった。

「じゃあ、砲術士は自分が今、光り輝いてないと思ってるの？」

「はい。今に限ったことじゃありません。昔からずっと、いや、生まれてからずっと光り輝いた瞬間なんてないと思います」

　なんと自己肯定感の低い若者だろうか。申し分ないほどの高学歴でありながら、生まれてから一度も光り輝いたことがないなんて。

「副長と考え方が合わないというより、副長は僕のことが嫌いなんだと思います。いや、無理もありませんよ。僕を見ているとイライラするんでしょう。分かります。副長だけじゃありません。先任伍長だってじつのところ僕にイラついてると思います」

　坂上砲術士の表情がしだいに険しくなっていく。

たしかに坂上砲術士からすれば、「嫌われている」ように思えるのかもしれない。

そうは言っても、暮林副長や後藤先任伍長のような筋金入りの艦艇乗りからすれば、候補生学校でたかだか一年、遠洋航海でわずか半年ばかりの訓練を積んだ程度の初任三尉《い》など、半人前以下の存在なのだ。

圧倒的な経験のなさは持ち前の若さやガッツで埋めていくしかないのだが、坂上砲術士のような、おっとりとしたタイプは内向していくばかりで、なかなか外に向けて力を発揮できない。

それが、傍から見ると、もどかしくて腹立たしいのだろう。

名前の話が誘い水となったのか、坂上砲術士の口から堰《せき》を切ったように言葉が溢《あふ》れだした。

「去年の隊訓練では、航海中にシャワー許可時間の調整が不満だとかで、電測員長が怒鳴り込んできました。しかし、僕は僕なりに何度も操縦室に足を運んで、真水管制とシャワー時間の兼ね合いを応急長に交渉してたんです。おかげで、僕はとうとうシャワーを浴びる時間もありませんでした。いいんです。べつにそんなことはどうでも。一日くらいシャワー浴びなくたって死にはしませんから。でも、結局、電測員長には分かってもらえず、今だに『あのボケが……』って、陰口叩《たた》かれるのはつらいです。

聞きたくなくても、聞こえてきちゃうんですよ」

上品な顔立ちがくやしそうに歪んだ。

シャワー許可時間の調整は甲板士官にとって試練のひとつだ。すべての乗組員が均等にシャワーを浴びられるよう、真水管制を仕切っている応急長と交渉を重ねなければならない。

どんなに調整しても、うまくいかない事態は起こる。碧は自身が初任三尉で甲板士官を務めたころの苦い経験を思い出した。過ぎてしまえば典型的な「甲板士官あるある」なのだが、その渦中《かちゅう》にある当人にとっては、けっしてそれでは済ませられない切実な問題だろう。

「砲術士、それは誰がやったって同じなんだよ。私も甲板士官だったときは各方面から攻撃されたよ」

月並みな言葉だと思いながらも、ほかに適当な言葉が思い浮かばなかった。

坂上砲術士は疑わしそうな目で碧をチラと見た後、話を続けた。

「今回の内海三曹の一件だって電測員長がからんでいるんじゃないでしょうか。少なくとも僕はそう見ています。ああいう人が分隊先任だったら、内海三曹でなくたってやりにくいですよ。分隊士の大久保君はどこを見ているのかな。いや、大久保君みたいな人には分からないかもしれないなあ」

坂上砲術士の顔がさらに歪む。

「結局、艦艇勤務に向いているのは、彼みたいな人なんだと思います。行き足があって要領がよくて、迷いなくズバッと命令が下せる。ああいう天性の指揮官みたいな人なら電測員長だって一目置くかもしれませんけど、僕にはとても……。しょせん名前負けなんですよ。自衛隊で鍛えられれば、こんな僕でも光り輝けるようになるかもしれないと、思い切って入ったけれど、でも、なにも変わらなかった。変えられませんでした。やっぱり向いてなかったんです。僕に護衛艦の甲板士官はとても務まりません。僕が退職したら大久保君が甲板士官をやればいい。彼なら僕よりずっとうまくやれるはずだし、副長も喜ぶと思います」

なにを言い出すかと思えば、この若者は。

いじめられっ子だった少年が相手を見返すためにボクシングを始めて夢中になり、いつしか世界チャンピオンになっていたという話を思い出した。

坂上砲術士がいじめられっ子だったかどうかは知らないが、自身の中になにか釈然としないものを抱えて育ったのだろうとは想像がついた。

いじめられっ子にとってのボクシングが、坂上砲術士にとっての海上自衛隊だったのだろう。

ボクシングはいじめられっ子にミラクルをもたらしたが、海上自衛隊は坂上砲術士にミラクルをもたらしてはくれなかった。

こんなはずじゃなかった。残念だ。期待外れだ。だから辞める。

そんなバカな話があるか！　幹部としてのこれからが期待できる良い資質を持っているのに。

「砲術士、甲板士官に求められているのは、うまくやるとかやらないとか、そういう器用さじゃないんだよ。全力で任にあたって全力で失敗して怒られて、それでもめげずに工夫してまた全力であたっていく。つまりはガッツ。行き足なんだよ」

「でも僕は、そういうのが苦手なんです」

もごもごとした発声が裏返って、甲高い声になっている。

ボブカットの受付の女性が、お洒落《しゃれ》な丸眼鏡の下から驚いたように目を上げてこちらを見た。

人探しをしているのだという事情をあらかじめ説明してはいたが、あまり不審な行動はとれない。

碧は努めて声を抑えた。

「苦手なら、ほかの面で得意なところをアピールしていけばいい。オードリーが大きな瞳《ひとみ》やスレンダーな体型を強調して、四角い顔のコンプレックスを克服したのは知ってるよね。それから、船務士と自分を比べるのは無意味だからやめなさい」

坂上砲術士は不意をつかれたような顔で碧の目を見た。

「たしかに船務士は元気だし、はきはきしていて若手幹部の手本のようなところがある。今日着任したばかりの私にも、第一印象でそういう印象を残せるのは大したものだと思う。だけど、それは一つの見せ方であって、そういう意味では彼は君より見せ方がうまいだけなのかもしれない。つまり、要領がいいんだろうね」

坂上砲術士の上品な口が半開きになった。

「艦艇勤務においてある程度の要領の良さは大事。でも、それだけでも駄目なんだよ。今の君は船務士と比べて分が悪いと思っているかもしれないけれど、船務士に見えていないところが君には明らかに見えてる。今回の一件だって、内海三曹に対する理解は分隊士の船務士より甲板士官の君のほうがよほど深いと私は感じた。だから、内海三曹はわざわざ君を選んで電話をかけてきたんじゃないの？　君なら分かってくれると思って」

坂上砲術士はしばらく目を泳がせていたが、やがて、絶望したように目を伏せた。

「でも、結局僕はその電話に出てやれませんでした」

「その代わり、こうして捜索に出てきてる。船務長に噛《か》みついて、あの副長を突破して。いい？ 君は部下に対する深い洞察力があるうえ、自分で思っている以上に度胸がある。行き足だってあるんだよ。ただ、見せ方が下手なだけ。君が光り輝くのはこれからなんだよ」

坂上砲術士は目を伏せたまま下唇を突き出し、必死に心の中を整理しているようだった。

「私はね、砲術士。山崎前艦長から、艦長の仕事は人を育てることだって申し受けて、あおぎりをお預かりしたの。護衛艦は一人の力では動かない。いろんなタイプの幹部がいて、いろんなタイプの乗員がいる。それぞれの良さを見つけ出して、それぞれの能力が発揮できるような環境を整えながら、全体を統率していくのが、艦長である私の責務だと考えてる。引き受けた以上、私は全力で責務を果たすつもりだよ」

――だから、どうか君も私を信じてついてきてほしい。

最後の一言を言うタイミングを図ろうとした矢先、スクリーン席の出入り口扉がスッと開いた。

とたんにスクリーンに流れるエンディングの音楽がロビーに漏れ、中から品のいい老夫婦が腕を組んで連れ立って出てきた。夫のほうは臙脂《えんじ》色のセーター、妻のほうは同じ色のスカートを穿《は》いており、ともにグレイヘアがよく似合っている。

どうやら第一回目の上映が終わったようだ。

最後の一言のタイミングを逃したまま、碧は出入り口扉に目をやった。坂上砲術士も続いて扉に目を凝らす。

出入り口は一ヶ所なので、内海三曹が出てくるとすればここしかない。かりにここで見逃したとしても、ロビーからショッピングセンターに通じる出入り口も一ヶ所のみ。両方の出入り口が見張れるこの場所なら、二人で見張っていて見逃すとはまず考えられない。

老夫婦の後からも、何組かの学生風のカップルや子育てを終えて一段落した世代と思われる女性客などがチラホラと出てきた。

しかし、いくら待っても内海三曹らしき人物は出てこなかった。

受付のボブカットの女性が途中で気を利《き》かせて、フロア内をたしかめに行ってくれた。

「あの、お客様。さきほどのリュックを背負った学生さんが最後のようです。もう中には誰も残っておりませんが」

ロビーにはすでに第二回目の上映に合わせて、新たな観客が集まり始めていた。

読みが外れた、か。

碧は肩を落とした。

未来座でのヘプバーン特集はただの偶然でしかなかった。期待を抱いただけに失望も大きい。

「艦長、外で待機している先任伍長《ごちょう》に上映が終わった旨《むね》、伝えましたが……。ここは空振りでしたね。やはり、第二案を」

そこで坂上砲術士はまた急に姿勢を正し、携帯を取り出した。どうやら着信らしい。

「はいッ。砲術士です」

誰からの電話かは聞かなくても分かった。

「はいッ……はいッ。エエッ?」

なにを言われたのか、応答する声が途中でまた裏返っている。

出港まであと一時間半。そのうち捜索に充《あ》てられる時間は正味一時間あるかどうか。

碧は深呼吸をして、『尼僧物語』と『ティファニーで朝食を』のポスターを交互に眺めた。

「艦長、あの……」

電話の途中で、坂上砲術士は焦《あせ》った表情を碧に向けた。

「分かってる。副長でしょう?」

「はい。じつは電測員長が艦長自ら捜索に出られた件に異を唱え、何名かの電測員たちとともに士官室に抗議に乗り込んできていると」

碧はポスターから目を離して、天を仰いだ。

野庭電測員長特有のガラガラ声と前のめりな上目遣いが浮かぶ。

「分かった。替わります」

碧が電話を替わると、すぐさま暮林副長の怒りを押し殺したような声が響いてきた。

「ああ、艦長ですか? 副長です。じつは今、艦でちょっとした騒ぎが起きまして」

「砲術士から聞きました。それで?」

「はあ、『それで?』ではありませんぞ!」

押し殺していた怒りがあらわになり、噛みつくような声になった。

「乗員たちの一部が『艦長はWAVE一人のために艦を放り出した』ゆうて騒ぎよるんです。まあ、こうなることは最初から分かっとったけえ、わしはあれほど反対したんです。なに、しょせん司令は本艦に責任なんぞ持たんのじゃけえ、立派なこと言うてもいざとなったらコロッと態度を変えて艦長を責めますぞ。あれはそういう人なんじゃけえ」

声はしだいにブツクサとした独り言になったが、途中からまた断固とした調子に変わった。

「とにかく、これ以上騒ぎが広がれば先任伍長もおらんし、乗員たちの抑えが効かんようになります。艦長、全艦の統制のため、ただちに艦にお戻りください！」

碧は静かに息を吐いて、目を閉じた。

「いえ、副長。それはできません」

携帯電話の向こうで、暮林副長が驚いて息を呑《の》む気配がした。

「じゃけえ、艦長。このままではあおぎりの士気が……」

「あおぎりの士気を保つために言っています」

碧は暮林副長をさえぎった。

「今回の行動は、私の今後の方針をあおぎり乗員総員に示したもの。指揮官がそう簡単にコロコロと方針を変えるべきではありません。ギリギリまで捜します」

おそらく呆気《あっけ》に取られたのだろう。暮林副長の応答はなかった。

「じつは私もある程度こうした事態は想定していたんです」

「はあ？」

ここで暮林副長の声が一気に大きくなった。

「ほいなら、何で自ら艦を出よったんです！」

「私が外に出ても、副長なら、私が戻るまでしっかり艦の規律を維持できるという確信があったからです」

碧の強い口調に暮林副長がまた息を呑む気配が伝わってきた。

「はあ、要するに艦長は、わし一人で今回の騒動を収めよと命じよるわけですか」

「はい。とにかく副長は私が戻るまで艦の規律維持に努めてください」

暮林副長からの返事はなかった。代わりに低く凄味《すごみ》のある声が響いてきた。

「ギリギリまで捜すのはええですが、それでも内海三曹が見つからんで、そのうえ、出港にまで遅れよったら、今後あおぎりでの艦長のお立場は確実に悪うなりますぞ。ほんまにそれでよろしいんですな？」

正直なところ、それでよろしいわけはない。しかし、指揮官としてここで迷いを見せるわけにはいかない。

「はい」

碧が言い切ると、「分かりました」ときっぱりした答えが返ってきた。

「わしは申し上げられるだけのことは申し上げましたけえ」

電話はプツリと切れた。

碧はそのまま坂上砲術士に電話を返した。

坂上砲術士は不安げな顔で受け取り、「艦長、やはり第二案はあきらめて、艦に戻ったほうがよいのではないでしょうか？」とチラリと上目遣いに碧を見た。

碧はきっぱりと首を横に振った。

「そうですか。そうなりますと、いよいよ内海三曹を見つけ出さないと、艦に帰っても乗員たちを説得できなくなりますね」

坂上砲術士は言いにくそうに切り出した。

「艦長、第二案はあるのですか？」

碧は黙ってポスターを眺め続けた。

WAVE寝室でWAVEたちから聞いた場所はすべて探しつくした。このミニシアターが最後の砦だったのに、空振りと分かった今、正直もうお手上げだった。

第二案はなにも浮かんでこない。しかし、このまま手ぶらで帰っては乗員たちに対して示しがつかない。

こうしている間にも、出港の時間は刻一刻と迫ってくる。もし、暮林副長の言ったように、内海三曹を見つけ出せなかったうえ、出港にも間に合わなかったら……。

碧はギリギリと奥歯を噛みしめた。

いや、急がば回れだ。もう一度基本に返って、内海三曹の身になって考えてみよう。艦の者同士の交流はあまりなく、プライベートで付き合っている男性もいない。実家の親を頼るでもないとすれば、学生時代の友人を頼るか？

しかし、そもそも他人に心を開かないようなタイプの者に、そこまで親しい友人がいるだろうか？

内海三曹の心のよりどころとは、いったい何だったのだろう。オードリー・ヘプバーンか？　趣味の手芸か？　あるいは料理？

「この『尼僧物語』では、オードリーの演技派の一面が開花したようですね」

ポスターを見つめたまま考え込んでいる碧に気を遣ってか、坂上砲術士はわざと平静を装《よそお》って話題を変えたようだ。

「なにせ尼僧特有の頭巾のおかげで顔回りが隠れ、表情の演技が制限されますからね。演技プランも工夫せざるを得なかったんでしょう。それにしても、崇高な美しさだなあ。こんなシスターがいる教会なら、僕も通い詰めたいですよ」

その瞬間、碧は思わずポスターから目を離し、坂上砲術士の顔を見た。

「あ、すみません。こんなときにどうでもいいことを……。副長にいつもそれで怒られているのに」

坂上砲術士は気を付けをして頭を下げた。

「いや、どうでもいいことじゃないよ、砲術士。砲術士は今、とっても大事なことを言ってくれた」

「大事なこと？　今の僕の話の、いったいなにが？」

「教会だよ」

ポカンとした顔の坂上砲術士に、碧はたたみかけた。

「なにか辛《つら》かったり、困ったりしたとき、心のよりどころを求めて、神や仏に祈ったりすがりたくなるものでしょう？　内海三曹の場合、それが教会だったんだよ。あの部屋で見た、あのたくさんの布小物。あれはただの趣味じゃなかったんだ。いや、趣味だったのかもしれないけど、ちゃんと必要性があったんだよ」

「何の必要性です？」

坂上砲術士はまだピンと来ない様子である。

「バザーだよ、バザー。内海三曹は教会のバザーに出品するために、あんなにたくさん小物を準備してたんじゃないかな？」

「ちょっと待って下さい、艦長。何でいきなり教会のバザーなんです？　内海三曹はクリスチャンなんですか？」

「いや、とくにクリスチャンじゃなくても、たいていの教会がやってる土曜学校や日曜礼拝は誰でも参加できるんだよ。で、どこの教会でも恵まれない人たちのためにだいたいバザーを開催する。クリスマスでなくても毎月バザーをやる教会もあるからね」

「くわしいですね」

「だって、私も候補生時代、不安を静めるため、教会の日曜礼拝に通っていたことがあるから」

坂上砲術士は呆気に取られたような表情で碧を見つめた。

「私も君と同じように一般大卒で候補生学校に入った二課程学生だったから、慣れない集団生活が途中でしんどくなってしまってね。そんなとき、ちょうど候補生学校の英語教官から、昔、英語教官をされてた牧師さんの話を聞いて。なんとなくご縁を感じて、思い切って日曜礼拝に参加したのよね」

「へええ、英語教官から牧師に。そんな方がいらしたんですね。しかし、艦長が教会に心のよりどころを求めるなんて意外です。艦長にもそんな時期があったんですね」

坂上砲術士は心底驚いたように、目を見開いている。

そこまで驚かれると複雑な気分だったが、碧は話を続けた。

「それから、あの玄関の段ボール箱にあったたくさんの採れたて野菜。あれは地元の農家さんに貰《もら》ったんだと思う。せっかくの好意だから断れず、貰っちゃった手前、ちゃんと自炊するようになったんじゃないかな?」

「内海三曹は艦の者とは外であまり交流がないのに、地元の人たちとは交流があったってことですか?」

「そう。きっと教会を通じて交流が始まったんだと思う」

坂上砲術士はなにかを思い出したような表情をした。

「ああ、そういえば、以前、江田島行きのフェリーの中でバッタリ内海三曹と会ったことがありまして。これからみんなでカレーを作って食べる、とか何とか、そんなことを言ってたんですよね。そのときはただ『ふうん』て思っただけで、たいして気にも留めなかったんですが……」

「砲術士、それ、江田島行きのフェリーで間違いない?」

「はい。あのとき、僕はたまたま一術校(第一術科学校)に用があって江田島に行ったんです。間違いありません」

今度こそヒットだ。碧は確信した。

「砲術士、その〝みんな〟っていうのは、おそらく教会の人たちだよ。日曜礼拝の後、地元の信者さんたちで集まって、それぞれ持ち寄った食材でカレーを作って食べたりするの。農家の方が多くてね、余った野菜とかをよく貰ったりするんだよ」

「何だか具体的ですね。どこの教会の話です？」

「江田島教会だよ。私も候補生のころ、そこに通ってたの」

「何てことだ……」

坂上砲術士は放心したように、もう一度『尼僧物語』のポスターに目をやった。

「砲術士、今すぐ江田島教会に電話して。内海三曹はきっとそこにいる」

「え、あ……、はい」

坂上砲術士は急に我に返ったような返事をして、江田島教会の電話番号を検索しはじめた。

5

呉から江田島に渡るには車で陸路を行くより、呉港と江田島の小用《こよう》港の間を行き来しているフェリーを使ったほうが早い。さらに高速船を使えば約一〇分で到着する。

碧と坂上砲術士は後藤先任伍長の車で呉の中央桟橋ターミナルまで送ってもらい、先任伍長を呉に残して、二人で高速船に乗り込んだ。

小用港は名前のとおり、一目で見渡せるほどの小さな港ではあるが、呉行きのみならず広島行きのフェリーや高速船も出入りする、そこそこ賑《にぎ》わいのある港だ。ターミナルにはイートインもできる小さな売店があり、『同期の桜』や『江田島』といった銘酒のほか海産物や自衛隊グッズなどが販売されている。

この便の乗船客の大半はリュックを背負った登山客で、その中にちらほらと一般の観光客の姿もあった。登山客たちの目当てが古鷹山《ふるたかやま》やクマン岳なのに対して、観光客の目当てといえば、おおむね海上自衛隊第一術科学校と幹部候補生学校の見学だ。一般客たちの中には、もちろん私服姿の自衛隊関係者も混じっているだろう。

ターミナルを出ると、こんもりと盛り上がった古鷹山に連なる、凸凹《でこぼこ》した尾根のラインが目に飛び込んできた。これから新緑の季節を迎えるだけあって、樹々《きぎ》の緑にも勢いが感じられる。

「おお、江田島だ」

久しぶりに故郷に帰ってきたような懐かしさがこみ上げてくる。しかし、そのような感慨にふけっている暇はない。

碧と坂上砲術士は急いで港付近にいるタクシーをつかまえて乗り込み、「江田島教会」と行き先を告げた。

「艦長、本当に大丈夫でしょうか。本当に内海三曹は教会にいるんでしょうか」

坂上砲術士が白いカバーのかかった後部座席の隣で不安げに眉《まゆ》をひそめている。

じつは未来座から江田島教会に問い合わせた際、「教会はそのような問い合わせには対応できない」ときっぱり断られたのだった。

直接教会と交渉にあたった坂上砲術士によれば、「丁寧ではあるけれど取り付く島もない」ような応対だったという。

「どうします? 江田島教会でよろしいんですか?」

タクシーの運転手が確認するようにバックミラー越しに尋ねてきた。

坂上砲術士が応答をためらいながら、横から碧の顔色をうかがっている。

碧は姿勢を正し、毅然《きぜん》として告げた。

「はい。江田島教会でお願いします」

運転手は「承知した」とばかりにアクセルを踏み込んだ。

小用港を出たタクシーは古鷹山の登山口のある奥小路《おくしょうじ》に向けて、急な坂道をぐいぐいと上り始める。

内海三曹にとって「駆け込み寺」の江田島教会は、救いを求めて駆け込んできた「姉妹」を当然匿《かくま》おうとするだろう。

しかし、向こうがいくら必死で「姉妹」を匿っても、艦長訓示で「二〇〇名ちかくの息子、娘を抱える母になる」と宣言した以上、こっちだってどうしても「娘」を取り返さねばならない。

もう直接踏み込むしかない。

登山口に向かう登り坂のカーブで身体《からだ》が横滑りに傾く。碧は後部座席で足を踏ん張り、バランスを取った。

すると、また、いきなり坂上砲術士の携帯が鳴った。

「はいッ。砲術士です。……はい」

坂上砲術士が碧のほうをうかがいながら、抑えた声で返事をしている。

「副長からです。今、広島方面の捜索を打ち切り、出していた捜索員の撤収に入ったそうです！」

「そう。了解」

もうすぐ出港一時間前。いよいよ広島方面は見切りを付けたか。

「あの、艦長。替らなくてよろしいんですか？」

碧は黙ってうなずいた。

替わったところで、出港までのカウントダウンは止まらない。暮林副長には引き続き、留守をしっかり守ってもらうしかない。

「艦長了解です！」

坂上砲術士が告げると、暮林副長も諦《あきら》めたのか、電話はそこで切れたようだった。

いる。内海三曹は江田島教会にいる。

碧は心の中で一人、念仏のように唱えていた。

6

白い十字架の付いた茶色のドアには小さな貼《は》り紙がしてあった。

「『どなたでもどうぞお入りください』か……」

坂上砲術士が顔を近づけるようにして、貼り紙に書かれている言葉を読み上げる。

まさか昔の貼り紙がそのまま残っているわけではないだろうが、二〇年前、碧も同じ貼り紙の言葉に励まされて、この茶色のドアを開けたのだった。

山道の中腹にある、小さな白い二階建ての建物で、自宅を改築して教会にしてある。

看板に出ている牧師の名前も変わっていない。

早崎《はやさき》牧師……。

お変わりないだろうか？　幹部候補生学校卒業後の遠洋練習航海実習の途上、寄港地のノーフォークからエアメールを出して以来、パッタリと連絡を絶ち、今に至ってしまった。

あんなにお世話になったのに。

若干の心の痛みを覚えながら、碧は茶色のドアのノブを回した。

カチャ。

静かな音を立ててドアは開いた。鍵《かぎ》はかかっていなかった。

あの日と同じだ。

小用行のバスに乗りそびれて、奥小路の古鷹山登山口から道路沿いの坂道をひたすら歩いて下っている途中、山側の樹々の間からキラリと光る十字架が見えた。江田島教会の尖った屋根の上の十字架だった。

それから小用に出るのをやめ、吸い寄せられるように、ここまでやってきた。

――どなたでもどうぞお入りください。

あの日、鍵のかかっていないこのドアをあけると、三和土《たたき》に靴がたくさん脱いであり、中からオルガンの伴奏に合わせて素朴な讃美歌が聞こえてきたのだった。二〇年前と同じ三和土は閑散としていて、中には誰もいないようだ。今日は礼拝日ではないのだろう。礼拝室へとつながるドアはピタリと閉じられていて、ドアについた摺《す》りガラスから自然光が廊下に漏れていた。

「あれ？　やっぱり誰もいないんですかね」

坂上砲術士は、そわそわと落ち着かない様子で辺りを見回している。

「『どうぞお入りください』って言われても、さすがにこのままズカズカと入るわけにはいかないですよね？」

坂上砲術士は気弱になっているようだった。碧は率先して靴を脱いだ。入り口に置いてあるスリッパに履き替え、礼拝室のほうに向かおうとすると、反対側の奥にある事務室の扉がスッと開く気配がした。

静かな足音がして、あきらかに誰かが出てきた。

ふり向くと、紺のスーツ姿の早崎牧師だった。

「こんにちは。どうされましたか？」

すべてを包み込むような静かで落ち着いた声は、あの日と変わらない。広い額も、ややくぼんだ眼窩《がんか》に収まった穏やかなまなざしも、端然とした物腰も。

さすがに二〇年前よりは白髪も増え、身体も痩《や》せたのか、一回り小さくなったような印象を受ける。

あの頃、五〇代だったとすると、今は七〇代だろうか。いや、当時から若く見えただけで、じつのところ今はもう八〇を超えているのかもしれない。

「お久しぶりです。早崎先生」

碧は姿勢を正し、ゆっくりと礼をした。つられるように坂上砲術士も頭を下げる。

「覚えていらっしゃいますか？　二〇年前、こちらでお世話になった早乙女です」

くぼんだ眼窩の奥の穏やかな瞳に、かすかに力がこもった。確かめるようなまなざしで早崎牧師は碧を見た。

「やはり、そうでしたか」

しみじみと感慨のこもった声だった。

「もちろん、覚えておりますよ、早乙女姉」

早崎牧師は昔の記憶を辿《たど》るように目を細めて碧を眺めた。

「あのときはまだ幹部候補生でいらっしゃいましたよね」

「はい。突然こちらの礼拝に参加させていただいて」

「今はどちらに？」

「この春から呉の護衛隊に配属となりまして、あおぎりという護衛艦の艦長を務めることになりました」

「そうでしたか。それはずいぶんとご立派になられましたね。私が英語教官だったころの教え子の中にも何名か艦長になった人はいますが、女性はあなたが初めてですよ。今日はよく訪ねてきてくださいました」

早崎牧師は坂上砲術士のほうにもチラリと目をやりながら、「お二人ともどうぞこちらへ」と礼拝室のドアを開けた。

こぢんまりとしたその部屋は片側に開口部の広い窓が並び、窓から入る自然光が部屋全体を明るく保っている。入って正面の壁に十字架。その下に簡素な説教台と黒板があり、窓際《まどぎわ》にオルガンが置かれている。三列に並んだ木製の二人掛け席には、いつもだいたい一〇人から二〇人ほどの「姉妹」「兄弟」たちが集まって証《あかし》をしたり、祈りを捧《ささ》げたりしていた。

「変わってませんね。懐かしい……」

集団生活の厳しさに気が滅入り、救いを求めるかのようにこの礼拝室に通った日々がよみがえる。

当時、碧がよく座っていたのは窓際の一番後ろの席だった。

「あなたはいつもあの席でしたね。どうぞお掛けください」

早崎牧師に勧められるままに座ると、二〇年の年月が嘘《うそ》のように溶けていく気がした。あのころは、まさか後に自分が艦長になってふたたびこの席に座るなど、夢にも思っていなかった。

さまざまな思いがこみ上げてきたが、坂上砲術士が遠慮がちに隣の席に座ったとたん、碧は我に返った。感慨にふけるためにわざわざ艦を飛び出してきたわけではない。あおぎり艦長として、未帰艦の乗員を連れ戻しにきたのだ。

「早崎先生」

碧は切り出した。

「さきほどは突然お電話をして失礼いたしました。こちらに内海佳美という、本艦の乗員がお邪魔しておりませんでしょうか？」

「ああ、あの電話はあなた方でしたか」

早崎牧師は窓際に立ち、窓から遠くを眺めた。

「どうしてその方がここにいると思われるのですか？」

遠くを眺めたまま、早崎牧師が尋ねる。

「じつは、こちらにいる者の携帯に内海からの着信がありまして。発信時のＧＰＳを辿りましたところ、この教会に辿り着きました」

もちろん、GPSはハッタリである。

隣に座った坂上砲術士が上品な眉根を上げ、驚いた表情で碧を見ているのが分かった。

しかし、早崎牧師は依然、窓の外を眺めたままだった。

「そうでしたか。しかしながら、今そのような方がここにいるとも、いないとも私からは申し上げられません」

あの頃と少しも変わらない、静かで穏やかな口調である。

早崎牧師に嘘やハッタリは通用しない。誠心誠意、真心を込めてぶつかるしかない。

「早崎先生、私たちはべつに強制的に内海を艦に連れ戻しにきたわけではありません。内海が本当に艦艇勤務を辞め、退職を希望しているのであれば、正式な手続きを踏んで内海の希望に添いたいと考えています。しかし、その手続きを怠り、このまま逃げるように退職したとなると、これまで頑張ってきた内海の経歴に傷がつきます。彼女は本当に優秀な技術をもった電測員なんです。こうした形でそれまでの努力をふいにしてしまうのは、艦長として非常に残念でもったいないことだと思います」

窓から日差しが差し込み、窓際に立った早崎牧師の姿はまるで後光が差しているかのように見えた。

一秒が永遠にも思えるような長い沈黙が流れた。

早崎牧師は窓の外を見たまま、口を開こうとしない。

碧は頭の中で懸命に次の説得の文句を考えていた。

すると、それまで静かに座っていた坂上砲術士が、なにを思ったのかいきなり椅子《いす》から立ち上った。

「内海三曹、聞こえてるよね？　僕だよ。砲術士だよ！」

艦でのおどおどとした態度とはうって変わって、腹の底から響く大声だった。

窓際の早崎牧師が驚いた顔でふり返った。

碧も隣の席から思わず坂上砲術士を見上げた。

奥の事務室、あるいはこの自宅兼教会のどこかに内海三曹がいると信じ、その可能性に賭《か》けたのにちがいない。碧の顔の横で、握りしめた拳《こぶし》を小刻みに震わせながら、坂上砲術士の捨て身の呼びかけは続いた。

「朝の電話、出てあげられなくて本当にごめん。内海三曹がどんな気持ちで、分隊長でも分隊士でもなく僕に電話をかけてきてくれたのか分からないけど、僕は嬉《うれ》しかったよ。たとえ、うっかり発信先を間違えて僕の番号を押しちゃったのだとしてもね」

坂上砲術士はここで一旦《いったん》下を向いて、照れたように笑ったが、またすぐに真顔に戻った。

「今、今日付けで着任したばかりの早乙女艦長とここに来ているのだけど。艦長はね、副長の猛反対を押し切って、司令に艦を預けて捜索に出てきたんだよ。君も知ってるとおり、なかなかできることじゃない。それだけ乗員一人一人を大切に思っているんだと思う。もちろん、僕も甲板士官として、いつも艦のために働いてくれている君たちに感謝しているし、大切に思っている。だから、こうしてお供させてもらったんだ」

早崎牧師が口を挟んで、坂上砲術士を止めようとするそぶりを見せた。すると、坂上砲術士は頰を紅潮させて、一気にまくし立てた。

「僕らは縁あって同じ艦に乗り合わせた者同士じゃないか。なにか辛いこと、悩んでいることがあるんだとしたら、分隊長や分隊士に言いにくいことがあるんだとしたら、甲板士官の僕を頼ってくれて構わないんだよ！　内海三曹がどうしても艦に帰りたくないのなら、無理に一緒に帰らなくてもいい。だけど、せめて無事でいるってことだけは知りたい。もしも、ここにいるのなら、元気な顔だけでも見せてくれないかな？」

ふたたび水を打ったような沈黙が流れた。

渾身《こんしん》の説得だったが、そもそも内海三曹がここにいるのでなければ、せっかくの説得もたんなる一人芝居に終わってしまう。

早崎牧師がなにか言いたげにこちらを見た。

坂上砲術士は力尽きたように椅子に腰を下ろした。興奮のためか、息荒く肩を上下させている。

「砲術士、ありがとう」

かりに一人芝居に終わったとしても、この初級幹部は初級幹部なりに精一杯自己の職責を自覚し、全うしようとした。

それに渾身の説得は、とても芝居には見えなかった。

——ちょっと待って下さい、船務長。不祥事って何です?

艦で中堅幹部相手に果敢に嚙みついたときから、すでに本気だったのだ。

自身の名前がずっとコンプレックスで、今まで光り輝いたことなど一度もないと言い切った青年。せっかくの高学歴を持ちながら、おそろしいほどに自己肯定感が低く、変な自意識の鎖でがんじがらめになった若手幹部が、今、自身の力でその鎖を引きちぎった。一人の部下を救うために。

貴重な瞬間を見届けた思いがした。

もしもこの訪問も空振りに終わり、手ぶらで帰艦することになったとしても、この場面に立ち会えただけでもじゅうぶんだ。

「早崎先生」

碧は静かに立ち上がり、窓際に立っている早崎に正対した。

「どうやら私たちの勘違いだったようです。お騒がせして申し訳ありませんでした。私たちはこれで失礼します。久しぶりにお会いできてうれしかったです」

深々と礼をして、隣の坂上砲術士をうながす。

坂上は気の抜けたような顔で立ち上がった。

そのときだった。

礼拝室の入り口のドアがカチャリと開いた。

坂上砲術士が大きく目を見開き、素《す》っ頓狂《とんきょう》にも思える叫び声を上げた。

「内海三曹！」

ドアの向こう側には後れ毛を顔周りに貼りつかせ、申し訳なさそうにうつむいた、面やつれした感じの若い女性が立っていた。

グレーのパーカにデニムといった軽装で、海曹士の艦艇乗組員によく見られるユニセックスな服装だった。

この子が内海三曹か……。

おとなしそうに見えて、そのじつ人一倍芯《しん》が強そうだ。識別写真とはまた違った印象だが、坂上砲術士が内海三曹と認めているのだから間違いないだろう。

「内海三曹、無事だったんだね！」

坂上砲術士が感極まった声で涙ぐむと、内海三曹もつられるように整った顔立ちを急に歪《ゆが》めた。

「申しわけ……ありません……でした」

嗚咽《おえつ》でその後の話はよく聞こえなかったが、白い小さな顔を伝う幾筋もの涙が気持ちを代弁しているかのようだった。

「内海姉、どうぞお入りなさい」

早崎牧師は内海三曹に礼拝室の中に入るようにうながした。

「こちらの早乙女姉は昔ここで礼拝に参加されていた私たちの姉妹なのですよ」

内海三曹は切れ長の目を見開き、「え？」と驚いた顔で碧を見つめた。

「神はそのひとり子を賜ったほどにこの世を愛してくださいました。内海姉、あなたの姉妹、兄弟は今日、その愛に導かれてここにやって来たのかもしれません。そして、その愛が、あなたに自らそのドアを開けさせたのでしょう」

内海三曹の嗚咽がいっそう激しくなった。

「深い愛を感じますね」

早崎牧師の顔には柔和な笑みがたたえられていた。

内海三曹は碧と坂上砲術士の前に進み出ると、深く頭《こうべ》を垂れ、肩を震わせて泣き続けた。

窓から差し込む日差しがいちだんと明るさを増し、礼拝室全体が光り輝いているように見えた。

7

「じゃあ、やっぱり今日はちゃんと帰艦するつもりで部屋を出たんだね?」

坂上砲術士の問いかけに内海三曹は、うっすらと隈《くま》の浮かんだ目元をタオルで押さえながらうなずいた。

華奢《きゃしゃ》な身体つきのせいか、座っている椅子や机がやたらと大きく見える。

「はい。むしろ、艦長交代行事なので早めに帰艦しようと思って、いつもより一本早いバスに乗るつもりで、部屋を出たんです」

「で、途中で急に気が変わった？」

内海三曹はタオルに顔を埋めるようにしてうなずいた。

「何であんなことしたんだろうって、今は思います。時間に余裕があるからいいやと思ったのか、艦での人間関係とか考えたら、何となくこのまま艦に帰りたくないなって。で、ちょうど、途中のバス停で降りる人がいたので、つられて一緒にバスを降りちゃったんです」

「それで、そのまま呉駅へ？」

「そうです。そのまま何となく広島行きの電車に乗ったんですけど、途中でこわくなって降りて、また呉に戻ってきて……。でももう、帰艦時刻はとっくに過ぎているし、どうしていいか分からなくなって、砲術士に電話しました」

「どうして僕だったの？」

努めて平静を装いながらも、どうしてもその理由を尋ねたくてたまらないのだろう。坂上砲術士のスンとした目に力がこもるのが分かった。

「さあ。自分でもよく分からないんです。また自転車をお借りしようと思ったのかな？　でも、よく考えたら旗揚げの時間でしたよね。その時間に砲術士が電話に出られるわけがないのに……」

「なるほど、自転車か」

坂上砲術士は少し残念そうだったが、碧は直感で、その電話は自転車のためだけではない、と思った。

士官室で佐々木補給長が言っていたように、内海三曹なりに「人を見た」のだろう。しかし、暮林副長が揶揄《やゆ》したようにけっして「軽く見た」わけではない。そこには信頼があるのだろう。坂上砲術士に対する深い信頼が。

「自分がやらかしてしまったことの大きさに気づき、いよいよ追い詰められた気持ちになって、よく週末の礼拝に通っていたこちらの教会に駆け込んだんです。でも、まさか艦長が昔ここに通われていたなんて……」

内海三曹はもう一度目を上げて碧を見つめた。派手さはないが、涙に潤《うる》んだ目にはくっきりとした目力があった。

「正直、礼拝室からの砲術士の呼びかけを聞いたときは、新しい艦長と一緒に来たなんて嘘だろうと思いました。艦長がわざわざ一乗員のために艦から出てくるなんてありえない、私を誘い出すための嘘だろうって、でも、途中から、もしかしたら本当かもしれないって。で、ドアを開けたとたん、『ああ、本当だったんだ！』って。驚きと申し訳なさが……」

内海三曹はまた急に顔を歪め、タオルで嗚咽を押さえた。

「艦長、砲術士。本当にご心配を……おかけして、申し訳ありません……でした」

「内海三曹、これからどうするかはあなた次第です。あなたが艦に帰りたくないのであれば、このまま私と砲術士だけで帰艦し、特例としてあなたの身柄は早崎先生に預かってもらい、その後の処置を考えます。でも、もしも帰艦する気持ちがあるのなら、これから私たちと一緒に帰らない?」

じつはこの時点でもう時間の余裕はなかった。あと三〇分もすれば出港準備が下令される。艦内警戒閉鎖が始まって、一部を除き、艦内のほとんどのハッチ扉が閉鎖される。

しかし、その事実を突きつけて内海三曹に決断を迫るようなことはしたくなかった。

内海三曹はしばらくタオルの中に顔を埋《うず》めていたが、やがて意を決したようにタオルから顔を出した。

「艦長、砲術士。こんな身勝手なことをしでかしておいて、今さら言える立場ではありませんが、私、やっぱり艦に帰りたい……。帰って、艦長や砲術士の下でもう一度勤務したい、です」

震える声で最後までしっかり発言すると、口元をキュッと噛《か》みしめ、深々と頭を下げた。後ろで一本にまとめられた長い髪が、バサリと胸の前に落ちた。

碧と坂上砲術士は顔を見合わせ、黙ってうなずき合った。

と、そこで礼拝室のドアが静かに開いた。

「話し合いは終わったようですね。ちょうど今、タクシーが来ました。出口に待たせてあります」

どうやら早崎牧師が気を利《き》かせてタクシーを呼んでおいてくれたようだ。

「ありがとうございます。先生には何と申し上げてよいやら。本当にお世話になりました」

碧が頭を下げると、続いて坂上砲術士と内海三曹も頭を下げた。

「砲術士、ただちに艦に連絡」

「はいッ」

坂上砲術士が携帯を取り出す間、早崎牧師は深いまなざしで碧を見つめた。

「内海姉をよろしくお願いしますね。早乙女姉」

「はい。もちろんです」

「艦長の任は重責で、身体が空く間もないかもしれませんが、またいつでも礼拝にいらしてください。お待ちしておりますよ」

そう言いながら、早崎は碧がまたここに来ることはないと分かっているかのようだった。深いまなざしの中に名残を惜しむような色が浮かんだ。

「お元気で」

「ええ、早崎先生も」

二〇年前、最後にここを訪れたときも、同じ挨拶《あいさつ》を交わしたような気がした。たとえ、二度と来ることはないと思っても、今回のようにまた不思議な縁に引き寄せられることもある。

「艦長、内海三曹の件。司令、副長了解。『ただちに帰艦せよ』とのことです！」

電話を切った坂上砲術士が厳しい面持ちで告げた。

「了解。最大戦速で帰艦するよ」

坂上砲術士と内海三曹はそろって「はいッ！」と姿勢を正した。

8

運よく帰りも呉行きの高速船の便に間に合った三人は、呉中央桟橋ターミナルに降り立つやいなや、待っていた後藤先任伍長《ごちょう》のアコードに乗り込んだ。

モーツァルトのヴァイオリン協奏曲第五番とともに、ぐんぐんと加速するアコードの中で、碧たちは出港三〇分前を迎えた。

「艦長、出港三〇分前となりました。艦内警戒閉鎖、特例として舷梯《げんてい》を残します！」

艦橋からの連絡を受けた坂上砲術士が助手席から、緊迫した声で碧に告げる。

「了解」

坂上砲術士が「艦長了解」と電話口で告げると、さらに遠藤通信士からの出港報告が伝えられた。

「通信士より、出港報告です！　総員一七〇名。離艦者四名……」

まさか出港報告を車内で受ける事態になるとは思わなかった。

それにしても、離艦者四名とは。その中に艦長である自分も含まれているのだと思うと、碧は後部座席で苦笑いをせざるをえなかった。

内海三曹はリュックを背負ったまま、隣で申し訳なさそうにうつむいている。下ろしてはどうかと再三すすめたのだが、まるで今回の騒動の責めを負うかのようにリュックを背負い続けている。

「わしも艦艇勤務は長いですけんど、出港三〇分前に艦長を乗っけて車を運転中ゆう事態は初めてじゃけえ。のう？　内海」

内海三曹は強張《こわば》った表情で、一点を見つめたままだ。

「しばらくは艦《ふね》での風当たりも辛《つら》いじゃろうけんど、まあ、自業自得《じごうじとく》じゃ。しゃあないのう」

つけつけとした物言いではあったが、内海三曹の心苦しさを考えると、むしろこのくらいのほうがちょうどいいのかもしれない。

「野庭や岬からもいろいろ話があるじゃろう。覚悟せえよ」

内海三曹の口元がキュッと引き結ばれた。

「まあ、こんだけ騒ぎを起こしよって、それでももっぺん出直すゆう度胸だけは認めちゃる」

後藤先任伍長がバックミラー越しに内海三曹を見た。

「じゃけえ、あんましんどいようなら、わしに言うてこい」

相変わらずとっぽい顔つきだが、そのまなざしには、どこか早崎牧師にも通じた滋味があった。

「はい」

内海三曹の口からかすかな声が漏れた。それが聞こえたのかどうか、

「さあ、もうすぐ出港一五分前じゃ！」

バックミラーから前方に視線を戻した後藤先任伍長の目つきが一気に好戦的になった。口元にニヤリとした笑みが浮かび、日に焼けた赤銅《しゃくどう》色の顔にさらに血の気がみなぎる。

通常、護衛艦の「出港一五分前」は各部で航海当番が配置につく時間である。

「みんな配置に着く前に戻るけえ、しっかり捕まっときんさい！」

ハンドルを握り直した後藤先任がまたアクセルを踏み込む。

「安全運転で頼みますよ、先任伍長！　今、別の意味で捕まったら元も子もないですから」

助手席でアシストグリップを握る坂上砲術士の声が切実な色を帯びる。

「ええい、分かっとるわ、やかましい。わしを誰だと思っとるんじゃ」

アコードは危なげなく、滑るように総監部前のカーブを曲がった。ほどなくして呉造修補給所の鉄条網のついた白い塀が見えてきた。

ここの衛門をくぐれば、あおぎりの待つFバースはもうすぐそこだ。

碧は後部座席で、早くもシートベルトを外す用意をした。

第六章 出港、再び

1

「航海当番配置につけます。司令！」

遠藤通信士が張りのある声で告げる。

通常、司令は航海当番が配置についてから上がって来るものなのだが、今回の出港は出だしからして異例のため、堀田司令はすでに艦橋に上がって席に着いていた。

遠藤通信士の報告に、堀田司令は片手を上げ、ひらひらと振った。

「艦長！」

続いて遠藤通信士が碧のほうに向き直る。

奇跡だ、と碧は思った。

まさか本当に出港一五分前に間に合い、この報告を艦長席で受けられるとは。

片手を上げて「了解」の合図を出す。

「副長！」

遠藤通信士が艦長席の横に立っている暮林副長を見る。暮林副長の右手が重々しく上がった。

「了解」

すぐ隣に立っているのに、向こうを向いているため、暮林副長の表情は分からない。

しかし、どっしりと構えた肩幅の広い背中はやはり頼もしかった。

艦長不在の間、あおぎり乗組員たちの間で起きた騒動を鎮《しず》め、厳正な規律を保ちながら艦内を守り続けた男の背中である。

何だかんだといって、この副長がしっかり留守を守ってくれたからこそ実現できた今回の捜索劇だった。

出港間際《まぎわ》の、あらかた片付いてしまった舷門《げんもん》で姿勢を正し、一分の隙《すき》もない礼式で碧を出迎えた当直員たちと暮林副長の姿を認めたとき、碧は暮林副長が守り抜いた艦の規律に感動さえ覚えたのだった。

「留守をありがとうございました」

感謝の言葉が思わず口をついて出た。

しかし、それは意外にも暮林副長から同時に出た言葉と重なった。

――ありがとうございました。

着任して以来一貫した渋面で、にこりともしない一言だった。しかし、その唸《うな》り声のように低く絞り出された「ありがとうございました」には、なにやら万感の思いが込められている気がした。

碧が艦外に捜索に出ると言った際、「前代未聞《ぜんだいみもん》」とまで言い放った暮林副長に礼を言われるとは。

さらに碧は、最後に舷梯《げんてい》を上がってきた後藤先任伍長《ごちょう》の口から、にわかには信じられない言葉を聞いた。

「内海は、副長の実の娘なんですわ」

いつものつけつけとした大声ではなく、碧にだけ聞き取れるよう配慮した囁《ささや》き声だった。

「別れた奥さんが引き取って育てよったけえ、苗字《みょうじ》は違いますけんど」

本来、親子兄弟等の血縁関係、または婚姻関係にある者同士の同一勤務地勤務は避けられることが多い。しかし、なにかの手違いでたまたま同一勤務地、しかも同一艦での勤務となってしまったらしい。

「副長は定年間際じゃし、二人ともひた隠しにしよってから、このことを知りよるのは、この艦では前艦長とわしだけで……。じゃけえ、ひょっとしたら、野庭あたりがなにか感づきよるかもしれんですけんのう」

未帰艦者がいることをギリギリまで伏せていたのも、警務隊を呼ぶのに反対したのも、そのせいだったのか。

そして、さっきの感謝の言葉は……。

「航海当番配置につけ！」

いきおいのある艦内マイクの声で、碧は我に返った。

各部から次々と「配置よし」の報告が上がり、一分も経《た》たぬうちに配置完了となった。

「各部航海当番配置よし。司令！　艦長！　副長！　航海長！」

「曳船《えいせん》近づきます！」

遠藤通信士の報告が矢継ぎ早となる。

碧が右ウイングに出ると、船首と両舷に防舷物のタイヤ（護衛艦と接触する際の緩衝材）をたくさんつけた曳船が二隻《せき》近づいてきた。

全長三〇メートルほどの小型船である。よく見かける漁船と大差ない外観だが、今日使用する曳船は二隻とも外舷色に塗装され、艦橋正面に「ＹＴ」を頭文字にした二《ふた》桁《けた》のナンバーを白く抜かれたものだった。

速力はさほど出ないものの、小さな船体に似合わず、出力は一八〇〇馬力。ディーゼル機関車並みに馬力の強い船である。

通常の護衛艦はたいてい二隻の曳船に前部と後部を引いてもらったり、押してもらったりして出入港する。

ウイングでは、すでに曳船との通信器の感度チェックを済ませた稲森船務長が待ち構えている。

低速ながらもみるみる近寄ってくる曳船から、やがて曳船もやいが放たれる。

前部員たちが手際よくもやい索をあおぎり外舷の杭《ビット》に繋《つな》いでいくのが見える。

「前、後部、曳船もやい取りました！」

遠藤通信士の報告に力がこもる。

いよいよ引き出し開始である。

曳船指揮の稲森船務長の指示の下、あおぎり船体の前部と後部に着いた曳船がじわじわとあおぎりをおいらせから引き離していく。

「後部、行合船なし！」

「風、左艦尾から一〇ノット！」

各部から艦橋へ次々と報告が上がってくる。

碧は右ウイングと左ウイングを行ったり来たりしながら、頭の中で忙《せわ》しく出港のイメージを固めていた。

元々想定していたイメージに、細部の情報を叩《たた》き込んで、より正確なものを練り上げていくのだ。

その際、風力、潮力といった外的要素は決して侮《あなど》れない。

左から一〇ノットか。そこそこだな。

碧の中の基準として、風速は二〇ノットまでがぎりぎりの許容範囲だった。一〇ノットを超えてくると注意を要するものの、それでもほぼイメージどおりに操艦できる自信があった。

二〇ノット以上になると風が収まるまで待たねばならない。過去に入港まで三時間を要したケースもあったくらいだ。

「二番、四番放せ！」

もやい作業を統括している暮林副長がヘッドセットのマイク越しに指示を出す。

「二番放せ！」

指示を受け、メガホンを構えた座間水雷長が前部で叫んでいる声が聞こえる。おいらせから放たれた二番もやいを前部員のうち三、四人がリレーの要領で素早く取り込んでいく。

作業が早いため、二番もやいは水面に着く暇もないまま巻き取られた。同様に中部の四番もやいも素早く取り込まれていることだろう。

通常護衛艦は前に三本、後ろに三本、計六本の係留索を取って係留するが、潮流や風の影響などを考慮して八本に増やす場合もある。

係留索は前から一番、二番……と順番に番号がつけられ、出港の際は一番だけを最後まで残す。

これは万が一の事態が発生した場合、一番で艦を繋ぎ止めておけば素早く復旧できるという考えによる。

いよいよ最後のもやいを放して差し支えないと判断したとき初めて艦長は「出港用意」を下令する。これを受けて出港ラッパが鳴らされ、最後のもやいが放たれる。

護衛艦における出港の瞬間である。

すべての準備、作業はまさにこの時のためにあるのであり、艦全体が一つの意志をもってこの瞬間を指向していく。

「三、五番放せ！」

「六番放せ！」

暮林副長が着々と指示を出していく。

「三、五、六番放した！」

指示に呼応するように、各部から上がってくる報告を伝令が叫ぶ。

現在、あおぎりは前部の一番もやいのみを残しておいらせから距離を開いていると
ころだった。

艦尾はどれくらい開いただろうか？

左ウイングから身を乗り出して、後方をうかがう。

後部からの報告がなかなか上がって来ない。

冷たい風が頬を過ぎる。おいらせとの距離はぐんぐんと確実に開きつつあった。

碧がウイングから艦橋に顔をふり向けると、暮林副長と目が合った。すぐに碧の意
を察知したらしい。

「後部、水あき知らせ！」

ヘッドセットのマイクに向かって声を荒らげる。

暮林副長からの問い合わせに慌《あわ》てる後部の坂上砲術士の顔が目に浮かぶ。

後部からはすぐに応答があったようだ。

「後部、水あき五〇（五〇メートル）です。艦長」

暮林副長が先ほどとはうって変わり、落ち着いた声で告げる。

五〇か。そろそろいいだろう。

「司令、出港します」

碧はウイングから司令席の堀田司令に敬礼した。

堀田司令はうなずくと、「どうぞご自由に」とばかりに司令席から碧のほうへ手を差し出すそぶりを見せた。

艦橋ではラッパ員がすでにラッパを構えて、今か今かと碧のほうをうかがっている。

よし、いくぞ。

「出港用意！」

碧はラッパ員に手で合図し、あおぎりで初めての「出港用意」を下令した。

パララ、パララ、パララパパパ――。

出港ラッパが響きわたり、「出港ようーい！」の艦内マイクが勢いよく流れた。

全身の血が静かに湧《わ》き立つ瞬間である。

何度経験しても、その都度異なる感動を覚える。

「一番放せー！」

前部では座間水雷長がメガホンを構えて叫び、おいらせからあおぎりの一番もやいが放たれた。これで完全にあおぎりはおいらせから離れた。前部員たちが駆け足でもやい索を取り込んでいく。

おいらせの右舷では舫《もやい》作業員たちが整列し、気を付けをしてあおぎりの出港を見送っている。

目を上げると、艦橋の右ウイングに長身の人影がひょろりと現れた。

同期であり、艦長の小野寺聖一二佐だった。

そもそも、小野寺が今日の日没時刻をメモで知らせてくれなければ、副長にうながされるまま定刻通りに出港していただろう。そして、内海三曹は「帰艦遅延」ではなく、「後発航期」となっていた。当然ながら、「帰艦遅延」よりも「後発航期」のほうが処分は重くなる。

おいらせとの距離は徐々に離れつつあるが、まだ互いの表情が分かる距離だった。

——いろいろありがとう。助かったよ。

碧が左ウイングから敬礼すると、シンプルな答礼が来た。

——おう。良かったな。

二〇年前から知っている顔に、飄々《ひょうひょう》とした笑みが浮かぶのが見える。

折よく、かげっていた日が雲間から顔を出し、ウイングから艦橋を明るく照らした。

傾きかけた午後の日差しではあるが、これから夏至《げし》に向けてぐんぐんと伸びていく勢いが感じられる。

碧は思い切り深く息を吸い込んだ。

潮の香りが鼻腔《びこう》に満ちる。

引き出し開始から最後のもやいが放たれるまで、流れるように気持ちのいい出港だった。

午前の出港前にいろいろとあったことが嘘《うそ》のように、あおぎりは、そろりそろりと後進でFバースを出ようとしている。

艦が徐々に後進の行き足をつけていくのが、足元から伝わってくる。

「ログ後進コンマ二《ふた》（対水速力後進〇・二ノット）！」

「わずかに後進の行き足！」

次々と報告が上がってくる。

いいぞ。後進が利《き》き始めた。

あとは行合船に注意しながらその場回頭だ。速力を出さずにその場で艦の向きを変えるのだ。

碧は司令席をちらりとうかがった。

堀田司令は手持無沙汰《てもちぶさた》そうに、椅子《いす》の上で大きく伸びをして、体側《たいそく》を伸ばしている。出港時に伸びなんかして……。

いかにも豪胆な態度だが、今回は堀田司令のこの豪胆さに救われたのだ。

もしも第一二護衛隊司令が堀田司令ではなく、杓子《しゃくし》定規に規律を守らせるタイプの司令だったら、出港直前に艦外になど絶対に出してくれなかっただろう。

ストレッチを終えた堀田司令は組んだ脚の上で頬杖《ほおづえ》をつきながら、退屈そうに遠ざかるおいらせのほうを見ている。

なにを考えておられるのか読めない人だが、こういうタイプの上官に仕えることでまた成長できるかもしれない。

「第四護衛隊群司令に敬礼します。艦長」

遠藤通信士が陸上にいる群司令に対する礼式を淡々と報告してくる。

碧は堀田司令から目を逸《そ》らし、ウイングで姿勢を正した。

「第四護衛隊群司令に敬礼する。左気を付け！」

第四護衛隊群は呉に所在する第四護衛隊および長崎県の佐世保に所在する第八護衛隊の計八隻の護衛艦によって構成される護衛艦群である。

群司令は今西和彦《いまにしかずひこ》海将補だ。

艦内マイクが入り、礼式のラッパが鳴り響く。

碧は左ウイングから陸上事務室にいる群司令に向けて敬礼した。

2

あおぎりはゆるやかに確実に後進を続けていた。

「前部水あき六〇」

前部が徐々においらせとの距離を開いていく。

「曳船左舷に出た」

右舷側に付いて引いていた前部の曳船はもやい索を収め、あおぎりの艦首をかわして左舷側に移動していた。

「後進二ノット」

ウイングにいる碧と艦橋とをつなぐ伝令役を務めている大久保船務士が艦橋からの

報告を碧に伝える。

「汽笛鳴らします。艦長」

ウイングにいる碧に向かって、艦橋のジャイロ・レピーター前から渡辺航海長が叫んだ。

碧が片手を上げると、大久保船務士がすかさず「艦長了解！」と艦橋の航海長に応答する。

ボー、ボー、ボー！

ただちに汽笛が三回鳴らされる。

周囲の船舶に向けて、「本艦は機関を後進にかけている」という合図である。

あおぎりは依然として後進を続けている。

おいらせの向こう側に続くFバースの浮桟橋の突端《エンド》がだんだん見えてきて、ジャパンマリンユナイテッドの工場からそびえるクレーン群が次第に遠ざかっていく。

そろそろ二〇〇くらい下がったか？

だいたい二〇〇から三〇〇メートルほど下がったところでその場回頭するのが碧の目安だった。

「後部から近づく目標なし！」

ちょうどいいタイミングで報告が入ったのを機に碧は叫んだ。

「左停止！」

続けざまに「両舷停止」を下令する。

「両舷停止！」

大久保船務士がすぐさま復唱し、ウイングから艦橋に向かって叫ぶ。

碧は大きく半円を描くように右手を外側に振りながら声を上げた。

「面舵一杯《おもかじいっぱい》！」

操舵《そうだ》員長の小宮二曹は復唱して足を踏みしめ、全身を使って舵輪を思い切り右に回す。

大きく舵を取ったあおぎりは、機関を停止したままグッと右に回頭を始めた。

イメージどおりのその場回頭である。

それまで右舷に見えていた潜水艦栈橋が左舷側に見えてきた。

停泊中の潜水艦が二隻、黒くなだらかな船体を浮かべている。

そのむこうのアレイからすこじまの岸壁には、音響観測艦の大きな艦影がくっきりと浮かんでいる。

静かな海面に曳船のエンジン音とあおぎりの船体が軋《きし》む金属音が響く。

「右後進微速（六ノット）！ 左前進半速（九ノット）！」

碧の号令を受けて、稲森船務長が左舷前部についている曳船に「半速で押せ！」と指示を出す。

あおぎりは前部だけを曳船に押してもらいながら、悠々と右回頭を続けた。

「錨《いかり》用意そのまま。甲板片付けます。艦長！」

遠藤通信士が持ち場の海図台から離れてウイングまで報告に来た。

ほどなくして、「錨用意そのまま。甲板片づけ」の艦内マイクが流れる。

ここで緊急事態が発生した場合、すぐに錨を下ろせるようにした状態のまま、出港時に取り込んだ索をきれいに整えて甲板上を片づけるのだ。

「後部甲板よろしい」

いち早く後部から報告が上がってくる。続いて、中部、前部からも報告があがった。

「両舷停止！」

碧はふたたび下令した。稲森船務長も合わせて曳船に「停止」を指示する。

「もどーせー！」

先ほどとは逆向きの半円を描くように右手を振る。面舵一杯に切っていた舵を元の位置に戻すのだ。

あおぎりは無事その場回頭を終え、出港針路に乗りつつあった。

右舷側には、さきほどまで横付けしていたおいらせの艦尾が揺れており、そのはるか向こうには、Ｆバースの岸壁に駐車している乗用車が何台も連なって見えた。

「舵中央！」

舵が中央に戻る。

「両舷前進半速！」

碧は前進の機械を使う号令をかけた。続いて針路を令する。

「二三〇度ヨーソロー！」

よし、これで大丈夫。

碧はゆっくりと歩いて艦橋中央に戻った。

大久保船務士や補佐についていた航海科員たちもぞろぞろと後をついてくる。

ジャイロ・レピーターの前では渡辺航海長が、ジャイロを見つめながら待っている。

「ヨーソロ二三〇度！」

操舵員長の小宮二曹がしっかりとした声で報告する。

「ヨーソロー」とは「宜《よろ》しく候《そうろう》」の意味で、「二三〇度によろしく頼む」の命令に対して「よろしい。二三〇度になりました」と返事が来たわけである。

つまりは、艦が二三〇度に定針したのだ。

これで難所は切り抜けた。そろそろ舵を航海長に渡しても大丈夫だろう。

やがて右前方に、裾《すそ》に岩肌をのぞかせた大麗女島の島影が見え、さらに水芭蕉《みずばしょう》の花を思わせる小麗女島の白い灯台も見えてきた。

「よし、替わろう。航海長操艦！」

碧が命じると、渡辺航海長は待ってましたとばかりに姿勢を正した。

「いただきました、航海長！ 両舷前進半速赤黒なし。針路二三〇度！」

護衛艦の操艦責任はすべて艦長にあり、航海長ら当直士官たちは艦橋で立直中、艦長から操艦を預けられるという立場にある。

預けられた当直士官は、その時点の速力、針路を復唱する。

現在、あおぎりは渡辺航海長の操艦により、速力九ノットで赤（減速）黒（増速）の微調整のないまま、広島湾に向けて針路二三〇度を航行中だった。

3

堀田司令は相変わらず退屈そうに、組んだ脚の上で頬杖をついている。

つい先ほど訪れたばかりの江田島が、あおぎりの左舷側に広がっている。緑の勢いが強い。

内海三曹の捜索のため、切羽詰まった思いで小用港に降り立ったときには、まもなく新緑の季節を迎えるこの島の息吹《いぶき》を五感で感じ取る余裕はなかった。

「漁船一、左艦首。距離二〇〇。こちらへ進む！」

見張り員の報告に、急いで双眼鏡を構える。

牡蠣筏《かきいかだ》を引いた漁船が一隻、ゆっくりとこちらに向かってくるところだった。

いやな動きだな。

眉《まゆ》をひそめると、急に漁船の動きが止まった。

どうやら船を止めて、操業を始めたらしい。

「漁船の動きが止まりましたので、このまま航行します。艦長」

渡辺航海長の報告に、碧はすぐには了解を出さなかった。

漁船の船長の気が変わって、急にまた動き出すかもしれない。

「たしかに、今は止まってるけど……」

察しのいい渡辺航海長は碧の言葉を最後まで待たずに「注意喚起のため、汽笛鳴らします」と汽笛を鳴らした。

汽笛の音に驚いた漁船の船長がこちらをふり向くのが、双眼鏡越しに見えた。

やれやれ、やっと気が付いてくれたか。これでもう出て来ないだろう。

双眼鏡を前方に向ける。

江田島から出た宇品《うじな》行の高速艇が、しぶきをあげながらあおぎりの前方をよぎっていく。

時折小さく海面から跳ね上がる白い船体に碧は目を細めた。

速い。まるで海面を滑走しているようだ。

すると今度は、海田湾《かいたわん》から出てきたと思われる大きな自動車運搬船がのっそりと姿を現して同航を始めた。

ざっと四〇〇〇トンはあるだろうか。だが、こちらの航行に影響はなさそうだ。

碧は周囲に気を配りながらも、久しぶりの航路を懐《なつ》かしんだ。

「当直士官、操舵員替わります」

航海直の交替時間がやってきた。

「替われ！」

出港以来ずっと舵を取っていた小宮操舵員長に替わって、操舵コンソールに着いたのはＷＡＶＥの岬二曹だった。

えらの張った顔が気の強さを強調しているが、操舵に関しては安心して見ていられる。WAVE海曹士の先任として、この後、内海三曹にどんな話をするのだろうか。

――覚悟せえよ。

疾走するアコードの中で後藤先任伍長が掛けた言葉が思い出された。

いずれにせよ、早々に内海三曹を転勤させるのが得策だろうが、今回の件でどのような処分を下すべきか、まずはよく吟味しなければならない。

それに、もう一人。

「当直士官、副直士官替わります！」

「替われ！」

海図台にいる遠藤通信士の横には、後部甲板から上がってきたばかりの坂上砲術士が気を付けをして立っていた。

江田島教会で見せた、内海三曹説得の熱弁はどこへやら。

「替わりました、砲術士！」

ふたたびおどおどとした態度に戻り、目も落ち着かなげに空を泳いでいる。

こちらとも近いうちにもう一度膝《ひざ》を詰めて話さねばならないだろう。

それから……。

「艦長、当直士官替わります」
渡辺航海長の横で暮林副長が堂々と構えていた。
碧が静かにうながすと、暮林副長は例の渋面でジャイロ・レピーターの前に立ち、
「替われ」
「替わりました、砲雷長」と重々しく針路速力を唱えだした。
まさか内海三曹が暮林副長の娘だったとは……。
暮林副長はこの事実をおおやけにしないまま、静かに定年を迎えようとしていたの
だろうが、そうはいくまい。
できれば艦長交代のどさくさに紛れ、秘密裏に処理したかった服務事故が、ここま
での大ごとに発展してしまった。ひとまずは無事に帰艦したからいいものの、今後の
ことを考えると、いくら海千山千の暮林副長でも頭が痛いにちがいない。
この副長との距離を詰め、互いに肚《はら》を割って話せるようになりたいものだが、本当
にそんな日は来るのだろうか。
碧は艦長席から暮林副長の険しい横顔を眺め、窓の外に広がる瀬戸内海に目を転じ
た。なにはともあれ、この海に無数に浮かぶ大小さまざまの島の、このみごとな景観
はどうだ。

前方に見えてきた安芸小富士《あきのこふじ》と称される似島《にのしま》の山は、その名のとおり、小さな富士山を思わせる美しい稜線《りょうせん》である。

つくづく「変わってないなあ」と思う。

あおぎりは順調に宮島沖まで出ると、大黒神島《おおくろかみしま》の近くに旗竿《はたざお》をつけたブイを投入した。このブイを岸壁に見立てて艦を寄せたり離したりして、艦の動きに慣れるための慣熟訓練を行なうのだ。

ひとくちに護衛艦といっても、艦の大きさ、主機の性能などで動かし方はだいぶ変わってくる。

同型艦であってさえ、個艦ならではの癖があり、特徴がある。

全責任を負う艦長はいち早く自身の艦の特徴を掴《つか》み、自在に乗りこなせるようになっておかねばならない。艦長交代直後に新艦長の下で慣熟訓練を行なうのは通例である。

大黒神島は瀬戸内海最大の無人島といわれており、釣りや夏場のキャンプなどで人の出入りはあるようだが、居住者はいない。

こんもりと緑の茂った、一目で見渡せるほどの島である。

辺りは瀬戸内海有数の清浄海域というだけあって、名産品である牡蠣の養殖用の筏がいくつか連なって浮いていた。

漁船が二、三隻操業しているほか、航行する船舶も少なく、慣熟訓練には絶好の日和《ひより》だった。

そこそこ晴れて視界も良好である。

「では、そろそろ(舵を)もらいましょうか。副長」

碧が艦長席を降りると、暮林副長は碧に向かって姿勢を正した。

「はい。お返しします」

それからやおら艦橋の当直員たちに向きなおり、「艦長操艦」と重々しく告げた。

よし、始めるか。

軽く帽子を被《かぶ》り直して、ジャイロ・レピーターの前に立つ。

「おもーかーじ!」

あおぎりは右に舵を取り、ブイに向かってゆるやかに進んでいく。

碧は主に出入港をイメージしながら、投入したブイに艦を寄せたり離したり、思う存分操艦をくり返した。

とくに摑んでおきたかったのは、舵を取った際にふれる艦の旋回径と後進をかけてから艦が完全に停止するまでの距離だった。

艦は転舵してから実際に曲がり始めるまで、ある程度の時間と距離を要する。この間に元の針路と変化した針路の交点（転心）より前の部分は内側に切れ込んでいき、後ろの部分は外側にふり出していく性質がある。転心に対して自艦がどのくらい内に切れ込み、外にふり出すのかという旋回径を把握しておかねば、出入港の際、艦を僚艦や岸壁にぶつけかねない。

車と違ってブレーキのない艦を停止させるには、充分に速度を落としたうえでさらに機関を後進にかけて行き足を止めねばならない。

「飛び出すな。車は急に止まれない」という標語があるが、艦は車以上にすぐに止まれない乗り物なのだ。

後進をかけてから何メートルで停止するのかを速力に応じて把握しておく必要があった。

しつこく操艦をくり返す碧の横で、堀田司令が何度目かのあくびを放ったときだった。

艦橋へと階段《ラッタル》を駆け上がる、切迫した靴音が響いてきた。

「司令！」

わき目もふらず、司令席の横へと駆けよっていったのは、隊付《たいづき》（隊司令部付士官）

の宝生敬介《ほうしょうけいすけ》一尉《い》だった。

三〇は過ぎているのだろうが、童顔のうえに小柄な体軀《たいく》で、まるで学生のような印象を受ける。堀田司令と同じく都会的なスポーツマンタイプで、堀田司令と並ぶと親子のように雰囲気が似ている。

どこの隊でもたいてい隊付は司令と常に行動を共にする。一緒にいる時間が長いためか、おのずと雰囲気や顔つきまで似てくるのかもしれない。

宝生一尉のほうが若い分、目がクリクリとして可愛《かわい》らしい印象だが。

司令席の横にピタリと貼《は》りついて、宝生一尉はしきりになにかを報告して意向をうかがっている。

さきほどまでつまらなそうにあくびをくり返していた堀田司令が、司令席で前のめりになって隊付と真剣に話し合っているのが気になった。

他の幹部や乗組員たちも同様にチラチラと横目で司令席をうかがっている。すると、とうとう堀田司令が声を発した。

「おい、艦長」

声の調子からして、簡単な用事ではなさそうだ。

碧は返事をして、いったん操艦をやめた。

「大村のヘリが小松島からの帰投途中にエンジントラブルを起こしたようだ。あおぎりへの緊急着艦を要請しているんだが」

艦橋に詰めている当直員たちが互いに顔を見合わせる。

「着艦を許可できるか？」

いくら隊司令といえども勝手に着艦許可を出すことはできない。航空機に着艦を許可できるのはあくまでその艦の艦長だけだ。

当直員たちの視線が一斉にこちらに注がれる。

「具体的には、どういったトラブルでしょうか？」

碧の質問には隊付の宝生一尉が目を左右に動かしながら答えた。

「飛行に支障をきたしているわけではないらしいのですが、エンジン計器が異常値を示しているとのことです。よって、現在付近を航行中のあおぎりに緊急着艦して、念のためエンジンの点検をしたい、と」

なるほど。計器だけが故障している可能性もあるが、実際にエンジンにトラブルが生じているのであれば一刻を争う。

最悪の事態となる前に着艦させるしかない。

まさか慣熟訓練もそこそこのうちにこんな事案が舞い込むとは。今度の海上勤務は、まったく鍛えてくれる。

航空機の緊急着艦は初めての経験だ。

堀田司令がすがめるような目つきで碧を見た。宝生一尉はどんぐり眼で碧と堀田司令の顔を見比べている。

すみやかに艦長としての意向を示さねばならない。

「分かりました。着艦を許可します」

碧の判断に艦橋の当直員たちが一斉に身構える気配がした。

堀田司令は厳しい面持ちでうなずき、さっそく宝生一尉に指示を出し始めた。

艦橋にピリリとした緊張がはしる。

後ろに視線を感じてふり向くと、暮林副長にじっとみつめられていた。

どちらからともなくうなずき合う。

こうなったら引き受けるしかない。

「飛行長と整備長をここへ！」

碧は艦内マイクを指示して、広瀬飛行長と藤堂整備長を艦橋へ呼び寄せた。

4

緊急着艦が決まってから、あおぎりの飛行甲板は外舷柵《がいげんさく》を倒し、万が一の事態に備えてすぐに消火活動に入れるよう万全の態勢を整えた。

艦長席の後ろにあるモニターには、入念に飛行甲板をチェックしている発着艦員たちの姿が映っている。

――大丈夫です。必ず着艦させます。

――あとの機体の点検・整備は我々にお任せください。

碧の前で堂々と宣言して艦橋を降りて行った広瀬と藤堂の頼もしい後ろ姿が脳裏によみがえる。

二人ともまだ若いが、広瀬飛行長は航空学生出身、藤堂整備長も部内出身で経験は豊富だ。

大丈夫。問題ない。

碧は心の中でうなずき、モニターから目を離した。

ほどなくして、緊急着艦する大村航空基地所属の哨戒《しょうかい》ヘリ、ＳＨ－60Ｋの機影が見えてきた。

最初は大黒神島沖の海上に黒い点のように浮かんでいたのがしだいに大きくなり、やがて、キャビン部分の曲線的なフォルムとテールブームの直線的なラインが合わさった、ヘリ特有のシルエットが識別できるようになった。どことなく空に浮かんだ魚のように見えなくもない。

「航空機近づきますので、着艦用意かけます。航空機着艦用意!」

航海指揮官を務める渡辺航海長が緊張した面持ちで号令をかけた。

碧は艦長席で、近づいてくるSH-60Kに双眼鏡を構えた。

SH-60Kはそれまで対潜哨戒を主用途として活躍したSH-60Jの後継機として開発された汎用《はんよう》ヘリで、対潜哨戒だけでなく、人員や物資の輸送、救難、警戒監視といった多用途性を向上させた機体である。

全長一九・八メートル、全幅一六・四メートル。ここまではJ型と変わらないが、全高五・四メートルと、高さだけがわずかにJ型を上回っている。その分、キャビン部の描く流線形がJ型よりなめらかで膨らみがあり、キャビン扉も二つでJ型より一つ多い。

遠目には黒く映っても、双眼鏡を通せば白く輝く機体で、とてもエンジンにトラブルを抱えているようには見えなかった。空中を滑るようにぐんぐんとこちらに向かってくる。

あおぎりと反航し、いったん正横の上空を通過するころには肉眼でもキャビン扉の前部と黒字で描かれた「12」の機体番号と後部の日の丸が認められるようになった。テールブームに描かれた「海上自衛隊」のロゴも目に入る。

この一二号機に乗っているクルー四名のうち、機長は広瀬飛行長の後任として近日あおぎりに着任予定となっている晴山芽衣《はれやまめい》三佐と先ほど聞いた。

一般幹部候補生と飛行幹部候補生で、課程は違っても、晴山三佐は江田島の幹部候補生学校の同期にあたる。

機長の名前を知らされたとき、碧は「こんな偶然もあるのか」と驚いた。いわばこの緊急着艦が期せずして晴山三佐との再会となるわけである。

まったく派手な挨拶だよね、晴山さん。あなたらしいといえば、あなたらしいけど。

着艦態勢に入るため艦尾方向に向かう一二号機に、碧は心の中でつぶやいた。

江田島の幹部候補生時代、たまたま一緒になった食堂で、同期の男子候補生たちに囲まれて、楽しそうに食事をしていた晴山の姿が浮かぶ。

食事中でも気にせず、大口を開けて屈託なく笑う飾り気のなさ。卒業後、回転翼パイロットとして実績を着実に積み上げ、世の注目を浴びてきた華やかなキャリア。

彼女は、どのようなプロフェッショナルに育ったのか。

「着艦針路二二〇度とします」

「了解」

碧は渡辺航海長の告げてきた着艦針路に双眼鏡を向けた。

当然、この針路は飛行甲板にあるLSO（発着艦指揮所）で配置についている広瀬飛行長と一二号機の晴山機長にも告げられる。

航空機が発着艦する間、LSOと交話するのは航海指揮官である航海長で、艦長が直接LSOとやり取りをするケースはほぼない。

同様に、航空機の機長との交話はすべてLSOにいる飛行長が行なう。よって、航空機の機長と艦長がやり取りすることもほぼない。

着艦の間、艦長は着艦する航空機に着艦許可を出したら、その後は艦長席の後ろにあるモニターで後部の飛行甲板の様子を見守るしかないのだ。むろん、その間、艦の安全な運航に心血を注ぎ、もしもなにかあれば即座に適切な判断を下して艦を守らねばならない。

後部からアプローチを開始した一二号機のローター回転音が、艦橋にも大きく響いてきた。

そろそろ日は傾きかけているが、視界は悪くない。

しかし、気がかりな点もあった。

先ほどから左舷側《ひだりげんがわ》を同航中の小型漁船が速力を上げてきているのだ。

左見張りからの報告によれば、漁船の船長はこちらを見ているとのことで、危険な動きをする心配はないように思われるが……。

碧は左艦首に見える漁船に向けて双眼鏡を構えた。

先ほどより方位が右に変化している。

「艦長、速力を落とし、漁船を先に行かせます」

渡辺航海長も漁船に双眼鏡を向け、碧と同じことを考えたようだった。

とにかくこの漁船をやり過ごしてからでなければ、落ち着いて着艦のための針路保持ができない。

「両舷前進微速！」

減速の号令がかかってからほどなくして、

「タンカー一、艦首方向、二〇〇〇」

行合船の出現を知らせる見張り報告が上がってきた。

外国船籍の小型タンカーのようだ。速力はあまり出ていないが、まっすぐこちらに進んできている。

「チッ。こういう時に限って現れよる。LSO、艦橋。行会船が現れた、着艦針路を変更する」

渡辺航海長が舌打ちをしてLSOに着艦針路の変更を伝えている。ふたたび左艦首の漁船に目をやったときに、碧は息を呑《の》んだ。

「漁船との距離近づきます！」

左見張りが叫ぶと同時に、碧は反射的に艦長席を飛び降りていた。

堀田司令もほぼ同時に司令席から立ち上がる。

「航海長、（舵を）もらうよ！ どいて！」

目を剝《む》いて驚く渡辺航海長を突き飛ばすようにしてジャイロ・レピーターに立つ。

ボー、ボー、ボー、ボー、ボー！

碧は警告のための汽笛のボタンを思い切り押しながら、声を張り上げた。

「面舵《おもかじ》一杯！ 両舷停止！」

大きく右に転舵したあおぎりの左舷側を互いの顔が見えるくらいの距離で、小型漁船の船側が通り過ぎていく。

ほんの一瞬の出来事だった。

ジャイロ・レピーターの後ろに下がった渡辺航海長は暮林副長と並び、二人とも呆《ぼう》然《ぜん》として漁船の行方を目で追っている。

「すみません！　タンカーに気を取られよってから。漁船を先に行かすつもりでおったんですが」

渡辺航海長は「信じられない」といった表情で、額の汗を拭《ぬぐ》っている。

航海科員出身のベテランで操艦には自信があったのだろうが、そんな渡辺航海長でさえ動きの読めない漁船は存在する。

あの小型漁船には「先に行かそう」としたこちらの意図が伝わっていなかったにちがいない。

「いや、よく気が付いた。久しぶりの艦艇勤務のわりに勘は鈍っとらんようだな、艦長」

堀田司令はさもなにごともなかったかのような顔でふたたび司令席に着いたが、動揺は隠せないようで、やたらと大きな咳《せき》ばらいをくり返している。

その横で宝生一尉は一歩も動けず、棒立ちとなっていた。

もし、衝突していたらとても緊急着艦どころではない。それを考えると、碧も今さらながらに足がすくむ思いだった。

気を取り直して周囲を見渡し、冷静に舵を戻して渡辺航海長に返す。

さあ、仕切り直しだ。

「両舷前進微速！」

新たな着艦針路が告げられ、ＳＨ－60Ｋ一二号機がふたたびアプローチを開始する。

「一二号機、近づきます。左艦尾！」

空を叩くようなローター回転音が次第に大きくなる。

「艦長、一二号機着艦させます！」

渡辺航海長が緊張した面持ちでヘッドセットを押さえた。

「よし、着艦！」

着艦に向けて高度を落とした一二号機がいよいよモニターに姿を現した。「12」の機体番号の描かれた機首がやや上を向いているせいで、前部に二脚、後部に一脚あるランディングギアがすべて見えて、逆三角形を描いている。

着艦間際《まぎわ》で回転数を落としているせいか、四枚のローターブレードの形状まではっきりとよく見える。先端が下方に曲がっているのはＫ型の特徴だ。

これから機体底部にあるメインプローブ（突起）を飛行甲板にある約九〇センチ四

方の着艦拘束装置めがけて下ろさねばならない。ただでさえ魂を削るような瞬間なのに、そのうえ一二号機はエンジントラブルを抱えている可能性があるのだ。

今この瞬間にもエンジンに決定的な不具合が発生すれば、この紙一重のバランスが崩れて、一瞬で飛行甲板が修羅場と化すかもしれない。ＬＳＯにいる広瀬飛行長と晴山機長との間では、着艦のタイミングを図る命がけのやり取りが行なわれているだろう。

やがて、それまで上向きだった機首がクッと下がって正面を向いた。「行くぞ」という強い意志が感じられた瞬間だった。

機体底部と飛行甲板との間のわずかな隙間《すきま》が急速に詰まる。あっと息を呑む間に、ランディングギアのタイヤが飛行甲板をとらえた。白い機体が甲板の上で小さく跳ねる。

エンジン音のトーンが変わり、シューッという音が漏れる。緊張から解き放たれた機体の吐く、すさまじい鼻息のように感じられる。

今や一二号機は両足を踏ん張るように、しっかりとギアを下ろして立っていた。手負いの白い鷹《たか》が、どうにか自力で甲板に降り立ったのだ。

発着艦員が右手に持った旗を高々と上げる。それに応《こた》えてグッドサインを出す機長の片手がコックピットの窓ごしに見えた。

「一二号機着艦しました！　異状ありません！」

それまでひたすら着艦針路保持に努めてきた渡辺航海長がヘッドセットを押さえて叫ぶ。

「了解！」

艦橋全体が安堵《あんど》の空気に包まれた。

堀田司令は司令席で帽子を被り直し、宝生一尉は腰のあたりで小さくガッツポーズを取る。

海図台にいる遠藤通信士は素早く時計をチェックし、着艦時刻を航泊日誌に書き込んでいる。暮林副長は感慨深げに天を仰いだ後、すぐにいつもの渋面に戻ってウイングに出て行った。

モニターには、発着艦員たちが機体の両サイドに駆けよってすばやくタイダウンチェーンをかけている様子が映っている。

その動きの一つ一つがスローモーションのように、ことさら印象深く見えてならなかった。

出港直前にまさかの服務事故が発覚してから、自分自身で艦外捜索と内海三曹の身柄確保を行なった。なんとか落着したかと思えば、今度は慣熟訓練もそこそこに緊急着艦である。

なにはともあれ、全てが無事解決してよかった。

安堵とともに、思い出したように疲労感がどっと湧《わ》いてきた。碧は艦長席に埋まるように座った。

クッション性の良い背もたれに背中を預け、呼吸を整えていると、ようやく訪れた束《つか》の間《ま》の安穏を破る新たな靴音が響いてきた。

艦橋の階段《ラッタル》を駆け上がってくる、ずいぶんと威勢のいい靴音である。一人ではない。

二人か？

靴音はあっという間に艦橋に上がってくると、真っ先に司令席のほうへと向かった。

次はこっちに来る。

碧が背もたれから背中を起こして身構えるやいなや、艦長席の横からはきはきと滑舌の良い声が響いた。

「航空機緊急着艦完了。搭乗員晴山三佐以下四名、お世話になります！」

深緑の飛行服に身を包み、第二二航空隊の部隊帽を被った晴山芽衣三佐が副操縦士を従えて敬礼をしている。

部隊帽の下からのぞく、くっきりとした二重瞼《まぶた》の瞳《ひとみ》。隙のない強い眼差《まなざ》し。ほどよく日に焼けた肌は健康的で、まったく化粧気はないのに華がある。

ああ、変わってない。

碧は幹部候補生学校のころから少しも変わらないその姿に感動すら覚えた。

トレードマークのショートヘアも健在で、四〇は過ぎているはずだが、いまだどこか少年のようなイメージだ。

女性としては大柄な晴山三佐も、従えている若い男性副操縦士と見比べると、やはり一回り小さく見える。しかし、動作やたたずまいからにじみ出てくる貫禄《かんろく》は圧倒的に男性副操縦士を上回っていた。

碧は艦長席を降りて二名のパイロットに正対した。「このたびはお疲れ様でした」と労《いた》わる前に「このたびはありがとうございます！」と先を越された。

「計器が異常値を示していましたので、念のため緊急着艦させていただきました。貴艦が近くを航行中でよかったです」

いや、あの服務事故の一件がなければ、とっくに慣熟訓練を終えて、今頃はふたたびFバースに入港していた。本当にいろんな偶然が重なって、今回の件が可能になったのだ。

私だってあなたがこんなかたちで乗艦してくるとは思わなかったよ。話したいことは山ほどあったが、今ここで話すべきことでもない。

「とにかく無事着艦できてよかった。今回は晴山三佐の操縦で？」

「はい、そうです」

晴山が屈託のない笑顔を浮かべた。

「みごとな着艦でした」

「ありがとうございます！」

晴山の口元がまたニッと広がる。とても、ついさきほどまで魂を削るようにして操縦桿《かん》を握っていたとは思えない。まったく疲れを感じさせない、カラリとした笑顔だった。

そもそも晴山は、目の前にいるあおぎり艦長が、江田島の同期だと気づいているのだろうか。いや、それ以前に、私のことを覚えているのだろうか。

候補生時代、東広島の原村演習場で行なわれた野外戦闘訓練での一件を思い出す。演習二日目の夜間、宿営間の警戒についていた碧たちの元に、敵方の斥候《せっこう》が一人現れた。碧が誰何《すいか》すると、斥候は瞬時に身をひるがえし、夜陰に紛れて逃走した。その身のこなしの早さ、足の速さ！

　味方の男子候補生と二人で追いかけたのだが、とても追いつけなかった。

　あの俊足の斥候が飛幹《ひかん》（飛行幹部候補生）の晴山候補生だったと後で知り、碧はひどく驚いたのだった。

　暗くて顔が見えなかったせいもあり、てっきり男子だとばかり思っていた。

　卒業間際の校友会パーティーで晴山にその件について話すと、さらに驚いたことに彼女はその一件をまったく覚えていなかった。

「ああ、斥候をやったのは覚えてるけど、でも、そんなことあったかな？」

　そのときも晴山は今日と同じようなさっぱりとした笑顔を碧に向けたのだった。

　あれから約二〇年。

　艦橋で碧がかけるべき言葉を探していると、晴山三佐は副操縦士に目で合図し、

「では、失礼します！」と揃《そろ》って頭を下げた。

　クルリと回れ右をして去っていく後ろ姿に、あの夜の斥候の鮮やかな身のこなしが重なる。

　と、艦橋を下りる階段《ラッタル》の付近まで来て、晴山三佐は急に立ち止まり、副操縦士を先に下りさせた。

そこからまた素早い身のこなしで、つかつかと艦長席まで戻ってくると、ふたたびニッと口元を拡《ひろ》げて笑った。

「というわけで、さきほどまでが緊急着艦のご挨拶。で、ここからは同期としてのご挨拶になります。お久しぶりです、早乙女艦長。江田島でご一緒でしたよね？」

その笑顔につられて、思わず碧も笑った。

ずいぶんと演出の効いたご挨拶だ。

「あら、覚えてくれたの？」

「もちろんですよ。課程も違うし、部屋も違ったからあまり接点はありませんでしたけど、早乙女さんのことはよく覚えてます。六個分隊のうち唯一《ゆいいつ》の女性の室次長さんでしたものね？」

ああ、そういうことか。

碧は納得した。

室次長とは副学級委員長のようなもので、学級委員長にあたる室長を補佐する役割だ。碧は六個分隊の室長、室次長たちの中で紅一点だったので、なにかと目を引いたのだろう。

晴山三佐はさらにたたみかけてくる。

自衛隊では背の高い者から順に並ぶことになっており、「身幹順」と称されている。

「身幹《しんかん》順で並ぶといつも一番後ろにいましたよね？」

一般社会でいう「背の順」は背の低い者から順に並ぶことを指すが、自衛隊では背の高い者から順に並ぶことになっており、「身幹順」と称されている。

小柄な碧はいつも後ろのほうだった。

「正確にいうと、後ろから二番目だけどね」

碧の指摘に晴山三佐は「ありゃ、失礼しました」と、ペロリと舌を出した。

「いやあ、それにしてもこういうちっちゃい艦への着艦は、やはり腕が鳴りますねえ。いい練習になりましたよ」

ＤＤＨひゅうがなど大型のヘリ搭載艦と比べて小さいという意味なのだろう。しかも、緊急着艦を「いい練習」呼ばわりするとは。

艦橋の当直員たちの表情がこわばる。暮林副長の鋭い視線が晴山三佐の横顔に注がれた。

晴山三佐はそうした艦橋の空気の変化にいっこうに気づかない様子だった。

「ゆき型も続々と退役してますし、次はいよいよきりですかねえ」

相変わらずあっけらかんとした表情ではきはきとした物言いが続く。おそらく他意はないのだろうが、他意がなければ何を言ってもいいというものではない。

「そのきりに次はいよいよ女性飛行長が誕生するのよね？ それから、今回の緊急着艦。私たちは練習でやったつもりはないんだけど」

碧が釘《くぎ》を刺すと、さすがになにかを感じ取ったようで、晴山三佐は急に姿勢を正した。

「ああ、失礼しました！ 飛行長として早乙女艦長の下で勤務できることを楽しみにしていたんですが、思いがけず、原隊在任中に一足先のご挨拶となってしまいました。後日また正式に着任挨拶に上がります。では、一二号機が気がかりですので、私はこれで！」

最後に敬礼をすると、晴山三佐はキリリと回れ右をした。それから、艦橋の階段付近でふり返りざま、碧に向かって腰の辺りで親指を立ててみせた。

着艦完了時に、コックピットの窓越しに出したのと同じグッドサインである。

「これからよろしく」とでもいう意味なのか、とくに悪びれた様子もない。

どう返してよいか分からず、うなずいて見せるのが精一杯だった。

晴山は、上がってきたときと同様、威勢のいい靴音を響かせて階段を下りていった。

艦橋の当直員たちは呆気《あっけ》に取られた様子で、その後ろ姿を見送っている。

そばで一部始終を見ていた暮林副長も「なんだ、あいつは？」といった表情で、晴山三佐の下りていった階段を見つめた。

「今のが次期飛行長で、艦長の同期ですか?」

碧がうなずくと、暮林副長は「やれやれ」とばかりに、小さく肩をすぼめた。

「パイロットとしての技量は大したもんじゃけんど、着任前に、艦での口の利《き》き方と振る舞いを学んでおいたほうが良さそうですな」

堀田司令だけが楽しそうに司令席で笑っている。

「まったく着任前に緊急着艦とは、次の飛行長はよほど待ちきれなかったんだろうな」

内心「これは面白い奴《やつ》が来た」と思っているのだろう。

晴山三佐の天真爛漫《てんしんらんまん》な振る舞いと物言いで、艦橋の空気が明らかに変わった。

とにかく、次期飛行長は艦艇部隊ではあまり見ないタイプの幹部のようだ。

——あいつイケイケだけど、根はいい奴だから。

元夫である越谷の一言を思い出す。

碧は艦長席に座り直した。

「なるほど、〝イケイケ〟ね」

的を射た表現に思わず苦笑して空を見上げる。うっすらと刷毛《はけ》で撫《な》でたような雲が、あちこちに広がっていた。
日没まではまだ時間がある。夏に向けて、日に日に伸びていく日の長さを実感する。
良くも悪しくも、これから私の艦、あおぎりに新しい風が吹きそうだ。
碧は空を眺めながら大きく伸びをした。

謝辞

「世界の艦船増刊号　自衛艦100のトリビア」海人社、二〇一一年
Jシップス編集部編『護衛艦事典』イカロス出版、二〇一九年
大島千佳・NNNドキュメント取材班『自衛隊の闇　護衛艦「たちかぜ」いじめ自殺事件の真実を追って』河出書房新社、二〇一六年
高森直史『海軍カレー伝説』潮書房光人新社、二〇一八年
竹本三保『任務完了　海上自衛官から学校長へ』並木書房、二〇一二年
森　恒英『艦船メカニズム図鑑』グランプリ出版、一九八九年
渡邉　直『帽ふれ　小説 新任水雷士』潮書房光人新社、二〇一四年
渡邉　直『艦長を命ず　不変のシーマンシップ』潮書房光人新社、二〇一四年
渡邉　直『司令の海　海上部隊統率の真髄』潮書房光人新社、二〇一五年

以上の文献及び、自衛隊関係のHP、個人ブログ、YouTubeなどを参考にさせていただきました。

また、宮永忠将さんには、ご多忙なところ、監修の労をとっていただきました。

あわせて、御礼申し上げます。

時武里帆

解説——新たなる組織小説の完璧なる出航に祝杯を

村上貴史

■完遂

時武里帆は『護衛艦あおぎり艦長 早乙女碧』とともに初航海に挑み、そして無事に任務を完遂した。

それがまず、冒頭でお伝えしておきたいことである。

この作者は、海上自衛隊の新任艦長である早乙女碧二佐を主人公とし、護衛艦あおぎりを舞台としたこの小説を、つまり、おそらくは大半の読者にとって馴染《なじ》みのない世界を描いた小説を、読み手を十分に愉《たの》しませるものとして見事に世に送り出したのだ。

任務完遂、というわけである。

■艦長

本書は、しずしずと出航する。丁寧に、一歩ずつ（という表現は船にとっては適切ではないかもしれないが）進んでいくのである。

主人公の早乙女碧は、広島県呉市に足を運び、停泊中の護衛艦あおぎりに新たな艦長として乗り込み、乗員たちと顔を合わせ、それぞれのチームを確認し、さらに、装備を確認していく。その様子が、本書の序盤で丹念に描かれている。表面的には、起伏に富んでいるとはいいがたい場面の連続だが、御自身の経験を振り返ってみて戴《いただ》きたい。企業であれ学校であれ、すでに出来上がっているコミュニティに一人で入っていく際の緊張や怖《おそ》れを記憶されている方も多いのではなかろうか。碧にとってあおぎりとは、そうした集団なのである。そこに乗り込む碧の心の動きが、この序盤ではきちんと綴《つづ》られていて、〝そうそう、この感覚〟と思わせてくれるのである。

碧の緊張や怖れと並走するかたちで、海上自衛隊の組織や護衛艦の構造や装備、あるいは艦内のルールといった情報が読者に伝えられる。これらは本書を読み進む際の基礎知識だ。いってみれば、新兵たる読者への基礎訓練のようなものか。とはいえこれは単なる基礎知識の伝達や訓練ではなく、主要登場人物たちの紹介でもある。癖のある副長、辞めようとしている砲術士、とっぽい先任伍長、などなど。多人数の集団のなかに気になる人が何人かいるのはよくあることだが、本書の碧にとっては、彼らがそうだ。気になる理由は、事前に聴いていた噂《うわさ》、申し送り事項、あるいは第一印象など様々で、これはこれでまた心をざわつかせる。エンターテインメントの刺激として機能しているのだ。

といった序盤を終え、すっかりと洋上に進んだ『護衛艦あおぎり艦長 早乙女碧』は、いよいよスピードを上げて走り始める——というのはあくまでも比喩《ひゆ》。作中のあおぎりは、まだ船出の前であり、接岸中である。そしてこの艦においては、一つの事件が起きていた。乗員の失踪《しっそう》である。二十六歳の内海佳美三曹が、定刻までにあおぎりに戻ってきていなかったのだ。自らの意思で艦《ふね》に戻ってこなかったのか、あるいは、事故や犯罪に巻き込まれたのかなどは不明。かくして、中盤以降はこの失踪事件を中心に、物語が進んでいくことになる。テンポよく、スリリングに。

そしてこのあたりから、本書の組織小説としての魅力が強烈に輝き始める。非常事態に直面した際の、リーダーとしての資質が問われ始めるのだ。

資質評価の観点でいえば、この内海三曹の失踪は〝設問〟として絶妙である。日帰りの訓練という、一名の欠員が致命的な事態とはなりえない状況下での失踪問題であり、艦長次第で、どうとでも扱えるのだ。一方で、失踪が重大事件に発展していく可能性もゼロではなく、対処の誤りは致命傷ともなり得る。選択肢が幅広いだけに、艦長としての判断力や決断力が、露骨に見えてしまうのである。

たとえば、優先順位に関する判断力である。当日予定していた任務と、内海三曹の捜索に、どう優先順位を付けるかが問われ、いかに決断するかが問われる。その決定を実行する力も試される。非常事態対応に貼《は》り付ける人物を、どの部門からどうやって剝《は》がしてくるか。剝がしてきた人物に、いかに能動的かつ主体的に活動してもらうか。人員を差し出した部署の本来の任務はどう進めることにするのか。人員及び部署の活躍をどう評価するのか。碧が対峙《たいじ》する問題は、海上自衛隊の艦長として直面した難題ではあるが、本質的には、読者の身の回りでも十分に起きうる問題である。故《ゆえ》に、よく知らない世界のよく知らない職位の問題ではなく、まさに我が身の問題として、碧と一緒になって苦慮できるのである。思わず夢中になってしまうこと必至だ。

さらに、碧の場合は、その決断に注がれる視線も多いだけに、重圧も強い。なにしろ、まだまだ男社会の護衛艦あおぎりである。そのトップにいきなり座ることになった四十四歳の女性艦長に対しては、男性たちからの嫉妬《しっと》もあれば、年長の部下からの〝お手並み拝見〟的な冷ややかな視線もある。そうしたなかに置かれた碧としては、相当にトライアルアンドエラーというわけにはいかない。最初の一手でのエラーは、相当に挽回《ばんかい》困難なのである。しかも、碧のエラーは、女性幹部全体に〝これだから女は〟という非難が（不当な非難ではあるが）向けられることになる。決断の影響範囲が広いのだ。

しかも、碧が下すべき決断は一度きりで終わるものではない。一つ決断したならば、それによって次の決断が求められることになる。非常事態とはそういうものだ。かくして内海三曹の失踪が発覚して以降、この小説はトップスピードで走り続けることとなるのである。

その快走のなかでは、失踪事件への対応に加え、辞めようとする人物に関する人事問題、上司である第一二護衛隊司令の堀田一佐との関係構築、部下である曲者《くせもの》たち（癖のある副長やとっぽい先任伍長など）の掌握といった、組織の管理職としての〝冒険〟が次々と描かれていく。愉しさの連続なのだ。

ＷＡＶＥも本書の特色の一つである。ＷＡＶＥとは海上自衛隊の女性自衛官のこと（そもそもは第二次大戦時の米国において、自発的に海軍に参加した女性たちについて、彼女たちが活躍する場を法的に根拠付け、Women Accepted for Volunteer Emergency Service、略してWAVESと呼んだことを語源とするそうだ）。つまりは、海上自衛隊という社会のなかに、WAVEという女性だけの社会が存在しているのである。碧も護衛艦あおぎりのWAVEの一員となるのだが、立場が艦長である以上、この集団のなかでもリーダーとしての立ち位置を築いていかねばならないのである。おそらくは、副長や先任伍長を掌握するのとは、また異なる手法を用いて。まったく心が安まる間がない。

そんな際に頼りになるのが、同期である。WAVEの同期はもちろんのこと、男性の同期も頼りになる。損得抜きに、そして、二十年以上海上自衛隊で生き抜いてきた者なりの思慮に基づいたかたちで、同期たちは碧を助けてくれる。こうした助け船も、本書を読む愉しみであり、自分の経験に照らし合わせて〝そうそう〟と頷《うなず》いてしまう読者も多かろう。

もちろん家族も碧にとって重要な存在だ。碧の場合は、夫も息子も自衛官である。夫とは離婚したものの、関係はこじれているわけではない。自衛官同士の結婚が離婚に至る経緯も本書では語られており、ここに関しては、〝ほう、そうなんだ〟と新鮮に味わえる。

という具合に、多様な魅力を備えた『護衛艦あおぎり艦長 早乙女碧』であり、結末まで一気に読まされてしまうのだが、よくよく考えてみると、この護衛艦、本書の半分以上で接岸中なのである。本来の活躍の場である海には、ほとんど出ていないのだ。もちろん護衛艦として他国の艦船や航空機と相対することもない。港でじっとしているにもかかわらず、十二分に刺激的にドラマの舞台として存在価値を示しているのである。驚くやら、読み終えて納得するやら。いい小説に出会えたという喜びを痛感した次第である。本書が無事に出航したことに祝杯を上げたい。

■ぼたん

さて、呉に戻ってきた早乙女碧が過去を思い返す場面（本書五十五頁）に、〃初任三尉で初めて配属されたあやぐもの母港も呉だった〃という文章があるのだが、これがなかなか味わい深い一文だ。というのも――。

二〇一四年に刊行された『ウェーブ』という小説がある。サブタイトルは〃小菅千春三尉の航海日誌〃だ。著者は時武ぼたん。そう、時武里帆が、別名義で発表した一冊だ。この小説の主人公である二十五歳の小菅千春が、〃初任三尉としてあやぐもに配属〃されているのである。早乙女碧とまったく重なるではないか。かたや二佐であり護衛艦の艦長、かたや練習艦の初任三尉という立場の違いこそあれ、時武里帆(時武ぼたん)が生み出したキャラクターの人生が確かに繋《つな》がっていると感じられて、嬉《うれ》しく、そう、味わい深いのである。

この『ウェーブ』は、時武ぼたんのデビュー作である。この小説で彼女は、二〇一三年に第四回ゴールデン・エレファント賞の大賞を射止めたのだ(同賞出身者には、第二回の大賞を『グレイメン』で獲得した石川智健《ともたけ》などがいる)。『ウェーブ』は、練習艦あやぐもを舞台として、小菅千春が同艦唯一《ゆいいつ》のWAVE幹部として奮闘する姿を描いた長篇小説であり、是非本書とあわせて読みたい一冊だ。本書とは、自衛隊の艦船が舞台という点が共通しているものの、主人公の立場が異なり、さらに、物語の展開も異なっている。『ウェーブ』では、航海中に幹部たちの帽子が(ほとんどすべて)消失する事件が冒頭で発生し、さらに、WAVE内で現金消失事件も発生する。その後も大小の事件が発生するという物語で、『護衛艦あおぎり艦長 早乙女碧』と比べ、事件/謎《なぞ》が牽引《けんいん》する比重が高い小説なのだ。とはいえ、『ウェーブ』は謎解きを主眼として書かれてはいない。あやぐもにおける様々な人間関係の軋《きし》みが、事件として表出した様を描いた小説なのである。つまり本書と同じく、人間ドラマであり、組織小説なのだ。小菅千春の弱さも直視されていて、その面でも興味深く読める。早乙女碧同様、小菅千春も贔屓《ひいき》にして欲しい。

時武ぼたんはその後、二冊のノンフィクションを発表している。『就職先は海上自衛隊　女性「士官候補生」誕生』（二〇一九年）と、その続篇『就職先は海上自衛隊　文系女子大生の逆襲篇』（二一年）だ。こちらは、時武ぼたん自身の経験を綴った著作である。そう、今更ながらの紹介で申し訳ないが、時武里帆（時武ぼたん）は、海上自衛隊出身なのだ。

幼いころから小説が好きで、ミヒャエル・エンデの『モモ』や『はてしない物語』、『ジム・ボタンの機関車大旅行』などを愛読していた彼女は、明治大学文学部に入学。そこで、鷺沢萠《さぎさわめぐむ》や椎名《しいな》桜子に憧《あこが》れて〝女子大生作家〟を目指して小説を書き、文学賞への投稿も行ってみたが思うような結果は得られなかった。卒業に際して、大学院進学か教員か公務員か、三つの道を思案するも、それぞれの理由で、いずれも選択には至らなかった。そんなときに伯父から貰《もら》っていた自衛隊のパンフレットに目をとめ、海上自衛隊に就職することになるのである。前述の二冊のノンフィクションには、彼女がこうした選択を行うところから呉からほど近い江田島《えたじま》の幹部候補生学校に入校し、さらに護衛艦での実習に挑む様などが、小菅千春と共通する弱みも含め、たっぷりと語られている。時武ぼたんは、最終的に三尉として（つまり小菅千春と同じ階級で）

自衛隊を辞めることになるのだが、彼女が自衛官として歩みを始めた頃の模様も、これら二冊で堪能《たんのう》して戴きたい。彼女の小説のそれぞれのエピソードをより深く味わえるようになるだろうし、なにより愉しく読めるのだ。

■試練

そして朗報である。

本書刊行の翌月には、続篇『試練 ―護衛艦あおぎり艦長 早乙女碧―』が刊行されるのだ。本書と直接連続する物語であり、副長も砲術士も先任伍長ももちろん登場し、失踪事件のその後も語られる。それに加えて、海上での様々な難題に碧が直面することになるのだ。船上に迎えた一般の人々との連携も、胸を熱くさせる。時武里帆の魅力全開の一冊なのである。一ヵ月後の刊行を愉しみに待たれたい。

それにしても、時武里帆（時武ぼたん）の作品を読んで痛感したのが、彼女の小説が、人気がすっかり定着した警察小説のように発展していく可能性である。自衛隊（もしくは警察）の専門性をリアルに語りつつ、組織と人を普遍的に描く。そしてそれらを謎や事件とともに一つの作品として織り上げる。時武里帆ならばそれが可能だし、今後も様々な物語を生み出してくれるであろうことを、彼女の三冊の小説は証明してみせたように思うのだ。

だからこそ、《護衛艦あおぎり艦長 早乙女碧》のシリーズについてこう記したい。毎月でも読みたくなる。そんなシリーズがここに開幕した。

（二〇二一年十二月、書評家）

本作はフィクションです。実際の護衛艦の艦級を参考にしていますが、「あおぎり」をはじめ実在しない艦が含まれています。

登場人物についても、実在の方々とは一切関係はありません。

本書は新潮文庫のために書き下ろされた。

護衛艦《ごえいかん》あおぎり艦長《かんちょう》 早乙女《さおとめ》碧《みどり》

新潮文庫 と‐34‐1

令和四年三月一日発行
令和四年四月三十日三刷

著者 時《とき》武《たけ》里《り》帆《ほ》

発行者 佐藤隆信
発行所 株式会社 新潮社
郵便番号 一六二‐八七一一
東京都新宿区矢来町七一
電話 編集部(〇三)三二六六‐五四四〇
読者係(〇三)三二六六‐五一一一
https://www.shinchosha.co.jp
価格はカバーに表示してあります。

印刷・三晃印刷株式会社 製本・株式会社植木製本所

ISBN978-4-10-103841-4 C0193